ひそかにラディカル？

わが人生ノート

亀井俊介

南雲堂

ひそかにラディカル？　目次

Ⅰ　木曽の猿猴

II　浴衣がけの学問へ

ひそかにラディカル？

――わが人生ノート

I

木曽の猿猴

わが岐阜県　日本の真ん中

今年(一九九六年)は現在の岐阜県が生まれてから百二十年になる。美濃国の岐阜県と長野県に属していた飛騨国三郡が合併し、いまの岐阜県になった。私はこの百二十年間のほぼ真ん中にあたる昭和七年(一九三二年)に中津川で生まれたが、成長後はほとんど東京とアメリカで生きた。しかし外に長くいただけに、かえって切実に郷里のことを思う。

私が中学に入った年、日本は敗戦を迎えた。文化国家建設が叫ばれ、自分でも文化を広く学びたいと思った時、心は自然に外の世界へ向いていったようだ。そのことをいま、後悔はしていない。

しかしアメリカで学んでいて痛感したのは、文明の先進国のはずのアメリカの人たちの多くがじつは素朴な心の営みをしており、それは私が郷里で身につけたものとどこかで通じるという思いだった。私は彼らの文化と気楽に交わり、「わが田舎アメリカ」という言葉で要約できるアメリカ論をくりひろげるようになった。

郷里、岐阜県とひと口でいっても、もちろん一様ではない。まさに「飛山濃水」。地形が入り組み、昔から小藩に分立していた。住民の性格も微妙に異なるようだ。飛騨の山地は独特の強靱な心を養ったように思える。東濃の私の育った地方では、「恵那ぞうきん」といって、人は絞れば絞るほどよいとされてきた。西濃には「あかみ」という言葉があるそうだ。垢見、つまり他人の垢を見つけては、注意したりからかったりする。批評意識が強いのだろう。

岐阜県はいわば一種の連邦だったのではないか。その点、アメリカは巨大な連邦国家である。そして対立する要素を抱えながら、各地方の特色がうまく作用し合って、大きな力を発揮している。岐阜県の歴史にも、地方ごとの対立は起こってきた。しかし教育や交通の発達にも助けられ、全体としての力を高める気運が盛り上がってきている。

ただ、一般的にいって、岐阜県人は地味で、伝統を守る気風が強い。「日本の真ん中」に位置し、私なども毎号いただく県の広報誌は『日本まん真ん中』と題している。そういう土地から生まれた人情か、わが岐阜県人は一般に来る人を暖かい心で迎える。ただしかし、どちらかというと待ちの姿勢であって、積極的に外へ出ていく態度は弱いような気がする。「真ん中」はものが集中するだけでなく、発散していく出発点でもあると私は思うのだが。

私はアメリカへ行って「わが田舎」を発見したといった。アメリカ文化も普遍性を育ててきたが、岐阜県も分立と統合の歴史を経て、世界に通じる文化的な普遍性も育てているように思える。これからはどんどん外へ出て、その普遍性を証明すべきではないか。そしてまた、外から新しいものを大いに吸収し、「真ん中」の中身を拡充したい。岐阜県はいま東海圏から中部圏へと存在をひろめているが、世界へと直結する道も大胆にくり出してほしい、と私は夢をひろげている。

中津川　木曽谷の情報センター

中津川育ち

私は今日(一九九九年四月十日)、宮地正人先生(東京大学史料編纂所教授)が幕末から明治維新期にかけての情報センターとしての中津川についてお話下さると聞いて、東京からかけつけて参りました。中山道の、それも木曽谷の入口に位置して、いわばいなかの一宿場町であった中津川ですが、幕末期、本陣であった市岡家、問屋であった間家《はざまけ》、あるいは豪商であった菅井家などが、秀れた人材を生み、島崎藤村の『夜明け前』に描かれるように、隣り村の馬籠《まごめ》はもとよりのこと、木曽街道の町村から伊那谷あたり、あるいは岩村からさらに南下して奥三河の稲橋あたりまでも経済的・文化的な影響下におき、さらに名古屋や京都などともひんぱんに連絡を交わして「情報センター」の役割を果たしていたというお話は、たいへんおもしろかったし、愉快でしたね。とくに間家その他にそういうことを証明する資料がたっぷりあり、「中津川は幕末維新資料の宝庫」だと聞いて、驚いてしまいました。

それはたいへんよかったんですが、お前もその中津川の出身として何か話せといわれて、何を話したらいいか、困っているところです。宮地先生のお話はもちろん歴史の話ですが、それは現在にもつながっているという思いから、とっさの感想を申し上げることにします。

今日のお話の立役者、問屋をしながら平田篤胤門下の国学者としても知られた間半兵衛秀矩《ひでのり》の直系が間孔太郎さんで、中津川市長や岐阜県議会議長などもされた有力者であることは、皆さまご存知だろうと思います。造り酒屋を営んでもおられました。そのお子さんが間譲嗣君で、私は同い年であり、家も近かった。それで少年時代、間家の酒蔵で、間君たちといつも遊んでいたのです。大きな酒樽の間でかくれんぼなんかしていました。それで酒の匂いをたっぷり吸い込んで、おかげで成長してから酒好きになったと思います。けれども、酒蔵のそばにそんな「宝庫」があるなんてことは夢にも知らないでいました。知っていたら、もっとまともな学者になっていたかもしれません。

間君との少年時代からの付き合いのほかに、市岡家とも無関係ではありません。私は日本の敗戦の年、昭和二十六年に旧制の恵那中学に入ったんですけれども、六・三・三制というものが敷かれまして、恵那中学が新制の恵那高校になり、その二年生の時にこんどは学区制が敷かれ、中津高校に移ってまいりました。そこで、今日おいで下さっています市岡玉枝先生に英語を教わったのです。昔なら本陣のお姫さまです。非常にきれいな発音の英語にびっくり仰天したことを覚えています。私自身は生意気盛りで、あんまりいい生徒ではなかったと思いますけれども。

それからもうひとつ、豪商の菅井家。これにも私はご恩をこうむっているのです。高校三年生の時、宮地先生のお話で歴史的な意義を強調された島崎藤村の『夜明け前』、あれを私も愛読していまして、まあ向こう見ずの無茶苦茶な話なんですけれども、英語に翻訳したいなんていうことを、やはり英語の先生で教頭であられた菅井宰吉先生に申し出たのです。翻訳しますから添削してくださいとお願いしたんです。思えば、忙しい先生がとんでもない英語の添削をして下さるなんていうことは、考えられないことで、お前馬鹿かということで一蹴されても当然なはずなんですけれど、先生はもってらっしゃいといって下さった。多分、一年間ぐらい、二、三週間に一回、一ページぐらいずつ翻訳してもっていって、英語を直していただいたのです。全部で二、三十ページで終わっちゃったと思いますけれども、本当に有難いことでした。

まあそういう種類の思い出がいろいろありまして、維新期の中津川や、その周辺の中山道のことは、私にとって遠い昔のことではない。少なくともいろんな人を通して、現在につながっているのです。昔なら近づけなかったような人たちでも、私の心を養う材料になってくれています。

幕末の宿場町

そんなわけで、私はまったくの門外漢ですけれども、中津川の歴史、とくに維新期の状況について、まるで身近なことのように関心があるのです。まだほんの一、二年前のことですが、間君とこの中津川で会って、どこかの居酒屋でしゃべっていた時に、間君、間家の歴史のようなものは書かれていないかしら、もしいなかったら、あなた執筆しなさいよ、なんていったことがあります。そうしたら、いま、ここの中京学院大学の大島栄子先生という方がそういう本をご執筆中だと間君がいうんですね。それじゃあ、出たらぜひ読みたい、ということで別れました。

それからしばらくしましたら、間君からその本を送ってきてくれました。『商人たちの明治維新』という本です。これは間杢右衛門さん、第八代の間杢右衛門さんの日記と、それから店卸し帳というのでしょうか、そういうものを材料に執筆なさった、やっぱり幕末の、経済中心ですけど、間家を中心とした中津川周辺の歴史といえる本です。

私はお顔を存じ上げませんが、今日、大島先生はここにいらっしゃらないでしょうか。非常におもしろく拝読しました。たいへん、知識が増えました。またやさしく叙述されていましたから、私みたいな者にも楽しく読めて、非常な勉強になりました。

間君に長い手紙を書きました。大変おもしろくってためになったことも十分強調したつもりです。ただ、私は文学・文化の研究者だものですから、経済中心のこの本には文化の話があまりのっていないのが寂しい、ということも書きました。いや、寂しいだけじゃなくて、経済の動きを知るには、文化のことも合わせて知った方がいいんじゃないかなあとも書きました。たとえば宗教。中津川のお寺とかなんとかは、どういった状態であったか。先ほど宮地先生のお話に、学校のことがちょっと出ましたね。明治期の中津川の学校の話が出ましたけど、幕末期の中津川の教育はいったいどういうふうだったのだろうか。維新期に活躍した市岡殷政《しげまさ》にしろ間半兵衛にしろ、たいへんな秀俊だったとは思うんですけど、どういうふうに教育されて、ああいう人材になられたんだろうか。彼らのそういう素養は、どこかで彼らの経済活動と結びつくんじゃないかしら。と、まあ、その辺のことをいろいろ知りたいものですから、そういう文化面も、大島先生にひとつぜひ、御専門外でしょうけれども、ぜひ将来研究なさって教えていただきたい、ということを御本人にお伝えくださいと間君に頼んだわけです。

それからその時に、私みたいなまったく何も知らない人間が注文をつけるのはおこがましいけど、一つだけ自分としては納得できない点があるということも、その間君への手紙に書きました。それはまさに今日、宮地先生がおっしゃいました国学の問題です。

私は国学にも無知な人間ですけれども、国学者の間半兵衛が横浜へ行って外国交易をしようとしたことについて、大島先生は「思っても見なかった展開」という言葉で、否定的にとらえられているんですが、はたしてそうだろうかという、そういう疑問を私はもったのです。経済活動と思想活動はまったく別個に存在するということはないわけで、相互に助け合う点が大きいと私は思うのです。国学者だとて、外国貿易をしても少しも変じゃない。それを変だと思うのは国学というものの解釈がいささか狭いんじゃないかしら、とも私には思えてならないのです。

国学の世界

私は平田国学にしろ、本居宣長系統の国学にしろ、それ自体を勉強したことはまったくないんですけれど、先ほど宮地先生がヨーロッパとの関係で言及をなさっていましたから、それに引きつけてちょっとだけ、勝手な国学観を申し上げさせて下さい。

文学研究の一つに、文学史研究というのがありますね。日本文学史、英文学史、フランス文学史、ドイツ文学史、といったふうに。大学での文学の授業ですと、それぞれの国の文学史というものがいまでもいちばん中心の役割を果たしています。しかし、そういう一国文学史というものは、十九世紀の中頃にようやくできた学問であります。それぞれの国や民族の文学を、縦の流れにそって辿っていくという研究ですね。

その学問が、一番発達したのはドイツなんです。どうしてドイツで発達したか。ドイツは十九世紀の中頃まで、三百ほどの小さな国に分かれて存在してました。ゲルマン民族という一つの民族の地域なんですけれども、日本の徳川時代の藩のような三百ほどの国に分かれておりました。皆さんご存じのゲーテ、彼はワイマール公国、公国というのは公爵が支配する国ですが、そのワイマール公国の総理大臣をしていましたね。人口十万くらいの小さな国ですけれどもね。そういう小さな国が三百ぐらいあったのです。

そうしますと、自分たちは同じゲルマン民族で、そして同じ言語をしゃべっているんだから、何とかして国としてまとまり、統一したい。それには、この民族の精神を、ゲルマン民族全体の精神の展開をあとづけたドイツ文学史というものがほしい、とそういう気持ちがたかまってきた。そうして、国文学史研究というものを発達させたわけなんです。

そこで学者たちは、ドイツ民族の魂を表現した文学作品をいろいろ探りました。最近ちょっと評判になっておりますグリム童話集、あれは童話といいますけれども、本当は民話なんですね。民話というものは民族の精神の基本のところを表現したものです。それでグリム兄弟はドイツ民話を懸命に蒐集して、ああいうメルヘン集を作ったわけです。こういう作業が、文学史研究の基礎です。

それから、言葉の研究も文学史の基礎になります。ドイツ人はドイツ語を使っております。そのドイツ語を探究すること、これまた大事業です。いま述べたグリム兄弟は、ドイツ語辞典編纂に乗り出しました。いい加減な辞書じゃないんですね、これが。単語の一つ一つに、それがはじめて使われた時からの歴史が述べられているのです。で、グリム兄弟は、一八五二年にこの辞書の第一巻を出し、自分たちが死ぬまでに四巻まで編集しています。ところがこの『ドイツ語辞典』は、全十六巻になるのですけれども、全部が完成したのは一世紀以上たってから、一九六四年なのです。まさに民族の事業ですね。

国文学史というものは、こうして、民話や民謡、詩や小説、それから言語、そういうものの知識を全部結集して成り立つものなんです。

そこで話はちょっと飛びますけれども、日本でも明治時代になりまして、国文学史というものがじょじょに探究されます。日本の国文学史研究の土台を築いたのは、芳賀矢一という人です。彼は明治三十四年、東京大学助教授時代に、日本も近代国家として出発した以上、きちんとした国文学史というものがなければいけない、じゃあどうやってそれをするか、その方法を学ぼうというのでドイツに留学しました。文部省の命令でドイツに一年ほど留学しました。ドイツは文学史研究の先進国ですからね。

さて、その文学史研究のいちばん中心になるのは、文献学という学問です。ドイツ語ではフィロロギーといいます。先ほど述べた言葉の研究を歴史的に、精密にしたものです。芳賀さんはその文献学を、ドイツで一生懸命勉強するんですね。その結果、彼は、文献学というのは日本の国学と「全く同じ」だとさとった。少くとも彼は自分でそういっております。

文明の先進国のドイツに行き、新しい学問のつもりで文献学を学んでみたら、日本の幕末に盛んになった国学と「全く同じ」だったというわけ。私は彼の発見が本当に正しかったかどうか、いささか疑問に思っています。また、彼が国学といった時には、たぶん本居宣長系統の言葉の研究を念頭にもっておったのではないかと思います。それにしても、芳賀さんのこの発見は、国学が新しい文明世界に通用する学問であることを示唆しています。

国文学史研究や文献学は、三百ほどに分裂していたドイツを精神的に統一する手段として盛んになりました。日本もまた、幕藩体制で国がいろいろな藩に分裂しているのを統一し、一つの国、一つの民族として問題を考えようじゃないかという意識が元にあって、国学が起こってきたんじゃないでしょうか。国学は後に古色蒼然としたもののように思われ、また実際、そうなっていった面もあるように思いますけれども、どうも幕末期の状況を見ますと、いや、大変ナウい、非常に新鮮な学問、そしてまた思想運動であったのではないかと、そんなふうに思えるのです。

で、維新期の間半兵衛、市岡殷政らの国学を奉じた活躍というものにも、そういう時代の先端を行く、アヴァンギャルドの先進性を私は感じる。だからこそ、彼らは懸命になって、江戸、京都、名古屋など、全国の情報を集め、またそれをよそに伝えた。そして彼らが西洋との貿易に手を染めたのも、変節でも何でもない、自然なことであったようにすら思えます。

鉄道時代に入って

で、話を先に進めますが、明治になり、日本もとにかく統一国家になって以後の、中津川や木曽谷、あるいはその周辺の中山道の人たちの文化意識を、ちょっと、やはり無知のままに想像してみたいのです。私は、鉄道が発達し、この地方では中央本線が敷かれたことなどによって、私たちの空間のセンスと時間のセンスがたいへん変わってしまったと思います。もう一度、原点に戻ってみたい。

つまらない話ですけど、私は長い間、岐阜は名古屋の西にあるとばかり思っておりました。それは、鉄道で行きますと、東海道線は名古屋から西の京都、大阪の方に進みますから、その途中の岐阜は当然、名古屋の西だと思っておりました。このごろは、私は岐阜女子大学に通勤していますから、車内で本を読む必要上、座席に気を使うんですが、どうも光線の方向がおかしい。で、地図を見たら、岐阜は名古屋の真北なんですね(笑)。方向のセンスが狂っていたわけです。

それはどうでもいいことなんですが、もっと身近な、たとえば信州伊那谷の飯田。私は飯田を遠い所だと思っていました。県が違うということもありますが、鉄道で考えると、中央線で塩尻を経て辰野に出、それから飯田線に入って行きますから、たいへん遠い所だと思っていたのですね。何のことはない、すぐ隣りです。間半兵衛も島崎藤村のお父さん、『夜明け前』の主人公の青山半蔵も、ごく近所として往き来していました。あるいは下呂とか高山。これも鉄道ですと、高山線を回って行く。遠い感じだったのですが、直行すれば近い。

鉄道が敷かれるまで、中津川周辺の人は、中山道にしろ、古くは東山道にしろ、あるいは裏木曽街道にしろ、歩いて往来していた。そういう時、地理的条件によってでしょうね、中津川は、人々が方々へ出て行ったり、またよその人が集まったりするのに非常に便利な場所だったに違いない。近ごろは鉄道のほかに自動車道も発達しましたが、相対的には、交通の要《かなめ》としての中津川の比重は昔の方が大きかったのではないでしょうか。宮地先生のお話で、中津川は「京都と江戸のほぼ中間」なんてことまで聞いて、興奮しますよね。まるで日本の「真ん中」みたい。

私なんかは小学生から中学時代、交通といったら中央線に乗る、あるいは北恵那鉄道に乗る。それぐらいしか念頭にない(笑)。しかし昔は人々がはるかに縦横にこまかく往来しておったということを、宮地先生の話を拝聴して痛感します。

それから、もう一つは時間の問題がありますね。鉄道によって、人々は一気に突っ走るようになりました。鉄道は、中津川には比較的長いこと列車が止まっていても、せいぜい一、二分でまたぱっと行ってしまいます。歩いてきた人は、もっとじっくり滞在します。それに合わせて、情報が留まる時間も長いでしょうね。情報についての意見も、じっくり交換されたと思います。

街道を歩いた時代には、四方八方から来た情報がこの中津川に留まって、また発散していきました。それがいまは、スピーディーに来て、またスピーディーに行ってしまう。情報機関が発達すればするほど、情報は地方都市の上っ面をかすめて、大都市に集まります。岐阜でも駄目、名古屋でも大いなる地方都市で、通過してしまいそう。情報は東京あたりに集まってしまうという状態になっております。で、つい、情報センターだった中津川の意義が分からなくなっているんじゃないでしょうか。いや、それはまだよいとしても、そういうふうだと、つい情報の意味をじっくり考える余裕がなく、従ってまた、こういう地方都市の文化的意味も考えないで、突っ走っていく情報をただ追いかけることが文化だなんて、つい思うことが多くなってしまっているような気がいたします。

こういうふうに、空間と時間のセンスが、現在と旧街道の時代とでは違っているような気がします。そのことは、文化意識の違いとなって現われもします。しかしこの町の将来を考える上でも、中津川がかつて果たした役割を見直し、それを現在にいかに生かし得るかを探ることは無意味ではあるまいと思うしだいです。

猿猴のような心で

さて、もう時間になってしまいましたが、最後に私自身のことをひとこと申し上げたいです。

私はおもにアメリカ文化の勉強をしています。ですから、アメリカについての情報は私にとって大切ですよね。けれども私は、アメリカについての情報を鉄道や電波のように突っ走らせないで、木曽谷の入口で育った猿猴《えんこう》のような心で受け止めたいのです。私は、初対面の人としゃべっていて、つい中津川の話が出ますと、ああ、旭座の町ですねといってもらうことがよくあります（笑）。それは昔、私、『サーカスが来た！　アメリカ大衆文化覚書』（一九七六年）という変な題の本を書いたことがあるんです。それはアメリカ文化についての本なんですが、その中で、アメリカのどんな都市にもあったオペラ・ハウスというものの説明をするにあたって、わが中津川にあった旭座のことを語ったんです。自分が少年時代、郷里の中津川に旭座という劇場があって、そこではなんでもやっておった。芝居や映画はもちろん見せたけれども、見世物も来れば講談、落語も来る。郷土芸能の恵那文楽もやれば、会社の演芸会もやった。一つの総合文化センターみたいなものだった。アメリカのオペラ・ハウスもそれだった、というわけです。

　その旭座では、あすこは昔は畳敷きでしたから、客の少ない時は寝ころがって見られましたが、夜八時過ぎぐらいでしょうか、まだ芝居や映画が終わらないと、下足番の小母さんが、何とか方面へは終列車ですよ、何とか方面の最終バスはもうすぐですよと、大声で叫んで教えてくれた。それで客は四方八方へ帰っていく。本当に、客は四方八方から集まり、四方八方へ散って行ったですね。つまり旭座はそういう場所だったんですね。そして中津川もそういう場所だった。情報のセンターだけれども、文化のセンターでもあった。こういう旭座のこと、中津川のことが分かると、アメリカの地方都市の文化のある側面も、身近にたぐり寄せて理解できるんですよ。

別にこれはふるさと自慢じゃありません。ふるさとの人にふるさと自慢してもしょうがない話なんでね（笑）。私がいいたいのは、この町が本質的に広がりをもっておるんだということですね。だから、町が果たしてきたそういう役割を自分ももっと深く広く知りたい。今日は非常にいろいろ教えていただいて、視野をひろめました。だんだんさらに全国的な視野で中津川を見るようになりたいと思います。そういうこの中津川の存在の原点を知るという意味で、さきほど宮地先生もおっしゃって下さいましたけれども、中山道資料館というか、そういったものがぜひできてほしいと思います。間家、市岡家、菅井家所蔵の史料はもちろんですけれども、さらに幅広く、いろいろ集めてくれれば、大変すばらしい資料館ができるんじゃないでしょうか。そんなふうに思います。

私は今日は宮地先生のご講演への付け足しのお話をしただけでしたけども、御静聴どうもありがとうございました（拍手）。

ふるさとの生

いきなり自分のことから書きはじめて、慎しみのないことだが、ご容赦たまわりたい。私はしばらく前、『カバンひとつでアメリカン』（一九八二年）という本を出した。この題はある洋酒会社の、「ブランデー、水で割ったらアメリカン」という宣伝文句をもじったもので、内容もそれに呼応した気楽なエッセイ集である。その中で、こんな本を読むのはよほど親切な読者であるおかげか、何人かの方があれはまあよかったといって著者をはげます材料にして下さる一篇がある。母校の小学校で行なった講演の速記である。

私は昭和二十年（敗戦の年）の春、岐阜県の木曽谷の入口にある町の小学校を卒業した。当時は中津東国民学校といった。いまは市になって、その名もちょっと変わり、中津川市立東小学校というはずだ。昭和五十五年、その学校の創立五十周年に際し、私のような者が記念講演をするようにという指名をうけたのは、この上ない光栄だった。だが私は、教育について高邁な理論も主張も持ち合わせていない。私が語ったのは、小学校を出てから、戦後三十五年の激動の中で、一人の外国文学研究者がふるさとをどのように心の中に生かしてきたか、ということだけだった。

山間《やまあい》で育った者は、当然のこと、都会にあこがれる。ましてや戦後間もない頃の日本は、文化国家として生きていくのだということが盛んに説かれていた。その文化は西洋、とくにアメリカの文化だった。私の心も、そういう時代とともに生きた。土地の高校を卒業すると東京に出、やがてアメリカに出ていった。ところが、故郷から遠ざかるに従って、心は故郷を再発見するものらしい。外のものにふれて、はじめて内のものの価値が分かる。私はアメリカの文学を学んで、日本の文学の独特の面白味がつかめ出したような気がする。人生そのものも、そうであるようだ。私は広い世界を知りたいし、国際化ということの努力も惜しまないつもりだが、そうすればするほど、心は故郷に帰ってくる。ただその際、つとめて新しい生命をもって故郷に帰りたい――と、そんな思いを語ってみたのだった。

その講演をし、それを含むアメリカ体験のエッセイ集を出してから、もうすでに何年かたった。この間にも、私はますますひんぱんに故郷へ帰るようになっている。幸い、小学校時代からの友人が何人かいて、いまだに仲よくしてくれる。もちろん仕事はまったく違う人たちだが、「ちゃん」付けで呼び合い、酒をくみ、浮かれ騒ぎもする。時には、ちょっと真面目な人生談義のようなものも交わす。

それから、このふるさととのもう会うことのない人、あるいはなかなか会えそうにない人のことも、しきりと思い出す。私の小学校（国民学校）は、二年生までが男女混合だった。当時は――まことにけしからん男尊女卑で――男生徒が級長、女生徒は副級長ときまっていて、私の級長だった時、高樋という桶屋の娘さんが副級長。私は彼女と手を組んで遠足の先頭を歩いた自分の姿を、いまでも目のあたりに思い浮かべる。しかし三年生になると男女別クラスとなり、女の子たちが不意に記憶から消えてしまう。

町の東のはずれは土がむき出しの崖で、私たちはよくそこをすべって遊んだ。その仲間の鋸《のこぎり》屋の息子の伊藤のチカちゃん(男性)も、不意に姿を消した。疫病にかかって死んだと聞いて、私は何日間も世の中が恐ろしかった。はじめて死を身近に感じたのだった。

小学校の裏手の細い道を西に行くと、すぐ沢になり、蟹がたくさんいて、寺尾のケンちゃんはよくそれを生きたまま食べてみせた。私たちはケンちゃんをはやしたりからかったりしたが、ケンちゃんはサービス精神にあふれていたのに違いない。

木曽川で泳ぐことは禁じられていたが、私たちはよくそこへも行った。泳ぎの下手な私はこわかったが、それでも「河童《かっぱ》の川流れ」と称して、急流に浮かんで流れて下るのは楽しかった。

塩見の公ちゃんの家は味噌屋か何かで、そのガランとした蔵で飛行機をとばして遊んだことも忘れられない。新聞紙を折って作る飛行機が主だったが、来る日も来る日も、飽きもせず作ってとばした。

間《はざま》の譲ちゃんの家は町長さんで、酒屋をやっており、そこの酒蔵ではかくれん坊をして遊んだ。

大きな空の酒樽がたくさんあり、ひそんでかくれていると、酒の匂いがぷんぷんして快かった。

こういう思い出は無数にあるのだが、その一つ一つには意味がないかもしれない。しかし全体としては、いまの私にとって途方もない価値があるように思える。ではどんな価値かといわれると困る。抽象的な言葉ではいえない何かなのだ。喧嘩もし、いがみ合いもした。しかし子供同士が「生ま」でつき合っていた。その「生ま」の感覚は、大人同士のつき合いでは滅多に得られぬものであろう。「文化」などといいはじめる前の、魂の原点が、こういう故郷の生にはあるように思う。どんなに文化や文学の研究をしても、この原点を見失った仕事には、何かが欠けている。本当の教育とは、その原点を豊かにする仕事だと思うのだが、どうだろうか。

本物の夏

子供のころ、夏はたいそう充実していたように思う。

私たちはよく近くを流れる木曽川へ泳ぎに行った。山国の郷里のあたりでは、急流である。私たちは川の真ん中まで抜き手を切って行き、あとは「河童《かっぱ》の川流れ」と称して、ふかふかと浮かんで流れた――大声で楽しくわめき合いながら。

その支流の付知川の上流は、水のきれいなこと無類だった。全身をのばしてうつ伏せになり、水中で目をあけて流れていくと、川底の石が美しく推移し、時どき小魚が泳いでいるのも見られた。近くに小さな鉱泉宿があり、釣ってきたばかりの鮎を食べさせてもらうこともあった。

川遊びを終えて帰途につく頃になると、ほとんど必ず夕立にあった。その中をずぶぬれになって走るのがまた楽しかった。

いまは、木曽川の遊泳は禁止されているらしい。危険だというのだろう。先日、付知川の鉱泉宿へ行ってみたら、どこかの資本に買いとられ、観光ホテルに変わっていた。川までが、よそのものになってしまったような気がした。どうしてか、近年は夕立も減ってきたような気がする。

夏が充実していたのは、野性にみちていたからだろう。自然がひろがっていた。夏は自然が最も力強く生きている時だ。そして子供は、その中で自由にのびのびと遊ぶことができた。

いま、昔の夏をなつかしむのは、私が大人になり、野性を失って久しいからかもしれない。世の中も、夏の力を遠くに置き去りにしてきているのではないか。エアコンの部屋、全館冷房のビルの中にあるのは、夏ではない。私はせめて、心の中で「本物の夏」を生きるようにつとめたい。夕立の中を裸になって走る気分を思い起こすのだ。

街は子供のもの

今年（一九九一年）で調布（東京都調布市）に移ってきてちょうど二十年になる。それまでは引っ越し魔だったのが、どうやら居すわってしまった感じだ。年をとり、蔵書もふえ、身動きならなくなってきたのも大きな理由だろうが、やはりこの街が気に入ったのに違いない。

しかし何年住んでも、私には自分がこの土地の人間だとは思えない。自分はここに便宜的に住み、たぶんは便宜的に死んでいくだけのように思える。心は、気がつくと、木曽谷の入口の故郷の方に走っていることが多い。

ところが、息子は違うようだ。いまはもう会社員になって、半分家を出ており、私よりもここに住む度合は少ないのに、少年時代をすごしたこの街こそが彼の故郷らしい。友達と遊びまわり、喧嘩もしながら、幼い「冒険」を重ねた土地。そこにこそ人間の心は通い、故郷という思いも生じるのだろう。

道を歩いていて、元気にたわむれる子供たちを見ると、私は叫びたくなる——この街は君のものだよ、と。

父の言葉

私の父は、そのまた父の家業の激しい浮沈にあって、子供の頃から苦労したようだ。愛知県豊橋市の生まれだが、小学校はいろんな町を転々としている。そして卒業すると、大阪の繊維問屋へ奉公に出された。私は小学生の頃、独立した父が反物をかついで名古屋、高山、知多半島あたりのお得意先を訪問するのに、よくついていったものだ。大きなふろしき包みが、うしろから見ると父の小さな姿をかくしてしまい、私は父を見失うのではないかと恐れながら懸命に後を追いかけていた。

しかし父はいつも陽気に振る舞い、うまいもの好きで、次第に戦争が激化する頃であったにもかかわらず、行く先々で楽しい食事にありつかせてくれた。戦後、衣類の店を開き、ようやく家業も順調にいったらしい。

父は子供たちに、あまり教訓をたれる人ではなかった。家族でスキヤキをつつきながら酒をくみ、世間話や冗談話にふけることが好きだった。私もそれが楽しく、東京に就職した後でも、父母の住む岐阜県の田舎へよく帰省したものだ。

それでも、いまになって思い出す父の教訓がある。やはり酒をくみながらだったろう。「お前、税金はきちんと納めなさい。税金はらって、決して損じゃない」というのだ。商人らしくないその言葉に、私はきょとんとした。サラリーマンの私には、税金はごまかしようがない。父の言葉の意味がよく分かったのは、ずっと後のことである。

父は変動の激しい人生だったから、身も心も落ち着きを求めていたのでなかろうか。税金は、父にとって社会人としての自分の証明だったと思う。それを正しくきちんと納めることは、社会に対して堂々と生きることだった。そしてそれは、自分に対しても堂々と振る舞うことだったに違いない。

父の教訓を、私は忠実に守っていると思う。わずかばかりの印税や原稿料も、正確しごくに申告している。それで心身が落ち着けば安いものだ。だがそれだけではない。このごろは、精神的な税金についても思いをはせる。私は父と違って変化に乏しい生活をしているが、仕事柄、心の動揺を感じることは少なくない。そんな時、お前、きちんと納めるべきものを納めているかと、自分で自分に問いかけるのだ。

母の教訓

世界中すべての人にとって、自分の母親は絶対的に有り難く尊い存在ではないだろうか。そうと知りながら、私にとって私の母は、とりわけ優しく、美しく、聡明で、こんなにすばらしい母親に育てられる幸せをもった人は、自分のほかにいないように思える。

私には、母から何か説教された記憶がほとんどない。私の家は小さな商店だったから、母は年がら年中忙しく働いていた。おまけに私の少年時代は、戦中・戦後の食糧難の時代だったので、土地を借りて小麦やさつま芋を作ったり、買い出しに精出したりしていた。私はそういう仕事の手伝いを怠けて、しかられることはあった。しかしそれを何か人生の教訓にまでたかめて説き聞かせるというようなことは、母の性分には合わなかったと思う。

私にはいま、母の働いている姿が無限に思い浮かぶ。大掃除で畳をたたく姿、笹竹で天井をはらう姿、農具を積んだリヤカーを引く姿、買い出しの食糧を背負って歩く姿——。教訓といえば、その姿が最大の教訓だろう。

小学校で、雨が降れば傘をもって迎えに来てくれた母。鉄棒でケガをした時、すっとんで来てくれた母。一緒に味噌造りや餅つきをした母。母は娘時代に覚えたというおかしな歌も教えてくれた――。「隣が餅つきゃ食いたいのう、カカさ。／やってないで（与えてないから）よこさんのう、トトさ」というのだ。

父も母も小学校しか出ていない人で、私の家には本がほとんどなかった。しかし母は、娘時代は読書好きだったらしい。ある時、実家の倉の中へ連れていってくれた。そこには古い新聞小説を切り抜いて束ねたものがたくさんあって、私はいつまでも読みふけった。

母は何ごとにも控え目で、人前にしゃしゃり出ることは絶えてなかった。人を批判するところも見たことがない。人がだれかの悪口をいっても、黙って聞いていた。近所のおかみさんたちに慕われ、子供たちもなついてきていた。

父は十年前に亡くなったが、母は今年（一九九〇年）、米寿を迎えた。最近になって、母はようやく私に説教をたれる。「人さまに迷惑をかけてはいけないよ」と、よくいうのだ。母はいま、真っ白な髪をしている。私はゴマ塩頭になっているが、できたら母のように真っ白な髪になりたいと思っている。

川合玉堂の「彩雨」

あまりにも有名な作品で、ことさら愛着をあらわすことさえ気がひける。しかし川合玉堂の「彩雨」を見るたびに、私の心はあつくなる。この絵は一九四〇年の作というから、私は八歳。じっさいにはどこを画いたものだか知らないが、当時の私の故郷——木曽谷の入口の田舎町——にはまさにこの絵の風景があり、私はその中で生きていた。

山間《やまあい》の農家、長くのびる樋、水車、木立に映えて色どりの変化を見せる細い雨、傘さしていく農婦——みんな私のものだったと思えてくる。冬なら、樋からしたたる水が凍ってつららになった。私たちはそれをもぎとって頬にあてたり、時には口に入れたりした。春には蕨《わらび》が萌え出し、やがて小川で蟹を取り、夏には——と思い出していくと、無限に過去が生きてくる。

水車の音もなつかしい。農家のおばさんたちの品のよい方言の声もなつかしい。この絵は、私にとって、いつまでも生きる魂のふるさとを見せてくれるような気がする。このふるさとを、私はいつまでも大事に心の中にだきしめたい。

山本芳翠の「裸婦」

岐阜県と長野県との境、木曽谷の入口の中津川というのが私の郷里で、中学校(旧制)は中央本線の駅二つ離れた大井(現在の恵那)の町にあった。この大井駅から、明智《あけち》線という国鉄の支線が出ていた。一輛かせいぜい二輛つなぎで、煙を吐いてあえぎながら、さらに山の中の明智の町まで走る汽車の姿が、校庭からよく眺められた。しかし私はついにそこへ行ったことがなかった。かつては明智光秀の城があり、ひと頃は裏街道の中継地として、また生糸の産地として盛えたともいう町だが、若い私たちには縁がなくなっていた。

この明智が、何年か前、「日本大正村」と称して売り出した。いわゆる村おこしの試みだろう。歴史にとり残されたことを逆手にとって、古い街並を生かし、観光客誘致にのり出したのである。高峰三枝子さんを初代村長にすえたことも、評判をよんだ。

最近、私ははじめてこの地を訪れる機会を得た。売り物の大正ロマンとやらには、善意のほほ笑みを浮かべるだけだったが、それとは関係ないことで、私は感動というか、ある種の衝撃をうけた。前から心ひかれていた画家の山本芳翠が、この地の出身、つまり広い意味で私の同郷者であることを知ったのである。

ほとんど呆然と立ちつくしたのは、街並の奥の、小さな芳翠記念館に入り、彼の作品「裸婦」を見た時だった。それはどうやら、出来はよいけれども複製のようだった。だがそんなことはどうでもよい。原画は、すでに岐阜県美術館で見たことがある。おまけにこの美術館では、自慢のハイビジョンで、細部を拡大して見せてもらってもいる。私がその複製らしい絵を前にして息をのむ思いをしたのは、山の中の古風な町にあることによって、深い緑の背景から浮き出ている肌の白い西洋の裸婦の姿が、芳翠の憧憬や情念を、どんな都会で見る時よりも強烈に訴えかけてきているように感じられたからである。

私は山本芳翠の伝記について、ほとんど何も知らない。しかし幕末か明治の初期か、この田舎の里で「北斎漫画」などを見て画家を志した若者が、東京へ出て行った時の心の昂揚は分かるような気がする。明治九年に工部美術学校に入ったが、すでに学ぶべきほどのことはなくて翌年退学。それから世界へ出て行った。十一年、パリ万国博覧会代表団の随行員に加えられ、美術修業の目的をもった者としては、たぶん日本人ではじめての渡仏をしたのだ。彼二十九歳。「裸婦」はその成果であった。

この裸の西洋女性は、山の中から世界に出た若者のとらえた、美のエッセンスだったと私は勝手に思う。よく、日本はキリスト教道徳に縛られていた西洋と違い、女の肉体も性行為も恥としなかった、浮世絵春画はそのあらわれだった、などといわれる。だがそうではあるまい。浮世絵春画は、あくまで人にかくれた「みそかごと」の世界。知と情とをともに備えた女の肉体の実在感は、そこでは弱い。ところが芳翠の「裸婦」は、明治十三年頃という早い時期に、それを備えた女性の美と、肉体の内的な力とを、堂々と描いてみせたのである。（文学で同じようなことがなされたのは、ようやく明治二十年代、あるいはさらに後のことだった。）

そう思って見ると、この絵の女の端正さにあらためて目を見張る。こまかいことをいえば、上半身と下半身の位置関係がねじれ、鼻の形も背にかかった髪も、いささか不自然だ。しかし女の表情や、全体の曲線の引きしまり具合、内からあふれてくるような肉体の量感、そして色彩のあざやかさなど、これこそ新しい「世界」であり、「文明」というものであったことを感じさせる。

芳翠の絵は、明治十五年頃の「西洋婦人」なども含めて、フランスではすでに時代遅れの新古典主義に習ったものだという。そうかもしれないけれども、ひなびた日本の山間の彼の出身地との精神的な距離を思う時、彼の西洋発見の意味が痛切に感じとられ、私は感動するのである。

混迷の時代

私は一九四五年(昭和二十年)の春、岐阜県の山間にある県立の恵那中学校に入った。四カ月後に敗戦を迎えた。やがて六・三・三制が実施され、恵那中学校併設中学校の生徒になった。旧制恵那中学校に併設の新制中学校の生徒というわけである。それから、この旧制中学校が新制の高等学校に昇格し、併設中学校の方は自然消滅したらしく、私は岐阜県立恵那高等学校の生徒になった。だがその二年生になった時、こんどは学区制の実施で、私は中津高等学校に移された。恵那高等学校は国鉄で二駅離れた所にあり、他学区ということになって、地元の町の女学校が昇格した高等学校に編入させられたわけなのだ。だから私は、恵那中学の卒業生でもなければ、恵那高校の卒業生でもない。望んで入った学校から、いや応なくはみ出してしまったのだ。しかしこれから語るのは、この恵那中学・高校時代の話である。

時勢というべきか、先生がじつによく変わられた。そのため、私の記憶は多くが断片的で、いっこうまとまりがない。

中学一年の時の組担任は英語の鎮目（義四郎といわれたか）先生であった。この先生の最初の話は、いまでもよくおぼえている。アメリカの飛行機が日本を連日爆撃にきているが、わが防空陣はこれをぞくぞく撃墜している。しかし敵兵が落下傘で大井（中学校の所在地）の町におりて来ても、英語ができなければ訊問ひとつできない。だからみんな、英語を学びなさい、とそんな話だった。子供心にどうもこじつけくさいなと思って聞いていたから、話す先生の方はなおつらかったに違いない。しかしそういう理屈でもこねなければ、英語が教えられない時代だった。鎮目先生は洒落が上手で、きれいな発音をされる、皮肉でやさしい方だった。

だが、その鎮目先生は、私の記憶の中でふっとかき消える。そして次に軍隊調のキビキビした感じの先生に英語を教わった気がするのだが、この先生はほんの数カ月で消えられ、名前も思い出せない。名物教頭の宇野儀三郎先生も、二、三度、私たちの教壇に立たれた。先生には三年上の兄が習っていて、その話を聞くとなにかこわそうな感じだったが、実際はたいそうやさしいので、ひそかに兄を軽蔑したおぼえがある。兄は兄流に先生への敬愛を表現していたのだが、私にはそれが分かっていなかったのだ。しかし宇野先生は多分、欠員の先生の穴埋めをされただけなのだろう。たちまちまた遠い存在になった。

じっくり習うということは、不可能な時代だった。私は先に述べた理由で汽車通学だったが、帰りはしばしば貨物列車に乗らなければならなかった。それにも乗れなくて、家のある中津（いまは中津川という）まで歩くこともよくあった。教科書は新聞紙大のを折りたたんだものだった。辞書もろくなのはなかった。

岩井慶光先生がこられた時には、この暗の中に光がさしこんできたような思いだった。先生が運動場で新任の挨拶をされた時の記憶は、いまでも鮮明である。先生はワーズワースや国木田独歩の名をあげて話をされたのだが、その内容が私にはぜんぜん分からなかった。あんまり分からないものだから、私はすっかり興奮した。しかも先生の、蒼白な顔をして、腰に手をあて、なにか熱心に語られる、その姿に気魄のようなものが感じられた。これはエライことになるぞと私は思った。

みんな岩井先生を恐れ、私も恐れたが、授業は面白かった。文学の話も少しずつ分かるようになってきたが、私はとくに先生の英文法の話が好きだった。先生の授業はしばしばスクール・グラマーを離れ、たとえば細江逸記という人の「時制」の考え方などを説かれた。すると、言葉というものが不意に複雑な深味をもってくるように思われた。私は大学に入ってから、細江逸記が世界的な英文法学者であることを知り、その大部な著作を読んで感銘したけれども、岩井先生の説明を聞いた時のような詩的な感激を再現することは、ついにできなかった。

それから、幸脇多聞先生がこられた。岩井先生を光とすれば、幸脇先生をむかえたことは、爽風が吹きこんできた感じだった。先生はたぶん、高師(東京高等師範学校)を出られてすぐの赴任で、年令的にも近かったせいか、私には兄貴分みたいな気がした。しかも、先生は、偉ぶるところが少しもない。授業はもちろん堪能したが、それ以外のことでなにかうかがうと、気はずかし気に、ちょっとヒントだけ与えてくれる感じだった。いまから思えば、答えを惜しんだのではなく、むしろその逆で、私たちのさし出した問いをよく考えてくれたのだ。そしていわゆる教師風の答えや説教を一切せず、ただ、こちらの考えをもっと深めたりひろめたりする手助けをしてくれたのである。私は幸脇先生には徹底的にあまえた。

すでに述べたように、私の記憶はじつにごちゃごちゃなのだが、岩井先生の高踏的な話をうかがっていたのは、中学三年頃だったのではなかろうか。落下傘兵訊問用の英語から細江博士の英語まで、私たちはひととびにとんでいた。そして気がついたら、こんどは幸脇先生を仲間にとりこんで、「文化会」などというものを作っていた。遮二無二、なにかを求めていた時代だった。

いつ頃からか、私は本を読み出していたが、これも目茶苦茶な読み方だった。まだ新刊書などあまり出ない頃だから、恵那中学の図書室は古い本ばかりだった。これまた名前がどうしても思い出せないのだが、東京の豊山中学というところから疎開してきて高校の裏手の東野村に住んでいた同級生が、家に戦前の古い『少年倶楽部』があることを話したので、私は同君にしつこくせがみ、次から次へとそれを借りて読んだ。それからお皿というあだ名の柔道の先生の子なので小皿と呼んでいた同級生の家には、『現代大衆文学全集』が何十巻かあり、これも片はしから借りて読んだ。だがある時、ふと中学の図書室に坪内逍遙訳『シェイクスピア全集』というのがあるのを見つけ、シェイクスピアの名前もろくに知らなかったけれど、読んでみたら面白く、夢中になってぜんぶ読んだ。この点でも、『少年倶楽部』から『シェイクスピア全集』まで、ほとんど時間のへだたりはなかったように思う。いや、同時に読んでいたのかもしれない。

しかし、こういうふうに育ったおかげで、私はいまになって、妙な自信のようなものを自分の中に植えつけられたと思う。混迷の中で心をとらえるものの価値を、骨身にしみて知っているのだ。私はいま英語教師で、文学研究者のはしくれでもあるのだが、たとえば文法論ひとつにしても、言葉のいのちを感じさせない研究には、はっきり背を向けてしまって恥じとしない。子どもの読物を論じても、高級そうな児童文学のたぐいだけを与えられて育ってきた連中のもっともらしい理論に、『少年倶楽部』と『現代大衆文学全集』にうつつを抜かした人間でしか指摘できない虚弱さを指摘しうるように思う。それからまたシェイクスピア論にしても、妙に哲学的な理屈を並べた批評を読むと、腹の中で笑う。シェイクスピアの中にある、中学生をも夢中にさせる種類の文句のない面白さを尊重しないで、なにが文学研究かと思うのだ。

恵那中学・高校時代からもう四半世紀たち、教育の方法も学習の態度もずいぶん変わった。いや、整ったというべきかもしれない。それはそれで私もことほぐのだが、しかし、私は自分が古い秩序と新しい秩序の狭間の混迷の時代に育ったことを、少しも悔いない。それどころか、またとないよい時代にめぐりあわせたと思う。先生方もそれぞれ苦労し苦心されたに違いない。そのことを、私はいまになって理解しはじめている。私たちは当時、自分が苦しんでいるなどとは思いもしなかったが(だいたい、自分でそういうことをいう連中を私たちは軽蔑していた)、しかし、みんなそれぞれ自分たちの方向を懸命に模索していたのだということを、これまたいまになって分かりはじめてきている。

自由の時代

一九四九年(昭和二十四年)の春、学区制がしかれたため、私は恵那高等学校から中津高等学校へ移された。その二年生だ。もと女学校だったところへ来たので、普通科(ほかに商業科、工業科、農業科があった)に限っていえば、男生徒は女生徒の三分の一に足りなかった。そのため、なんとなく落ち着かない気がした。しかし、いま思い返してみると、もし私の生涯に「自由の時代」といえるものがあったとすれば、この中津高校での二年間がそれだった。制度的にもいまより自由だったに違いないが、それ以上に、先生も生徒も、将来のことがいっこうつかめず、いろいろ模索していたような気がする。いわば過渡期の自由がそこにはあった。

自由のいちばん身近なのは、男女共学になったことだった。なにしろ世界が一挙に二倍になったわけで、最初の落ち着かなさは、たちまち異性への関心に変わり、さらには驚異の思いになった。ちょうど明治の詩人たちが、はじめて自由の雰囲気の中で女性に接し、女性讃美をうたうことからロマン的心情を打ち立てていったのに近い経験を、表現力はなく、ひなびた形ではあったが、私たちも味わったと思う。

まだ一般に経済状態は苦しかったにもかかわらず、普通科のほとんどのクラスがクラス雑誌を出したのも、こういう雰囲気と無縁ではなかっただろう。私たちは、『よつつじ』という雑誌を出した。クラス担任、辻とき江先生の名前をもじったのだ。手書きの謄写版刷りで、内容もいま読み返せば噴飯物の雑誌だろうが、みんな結構たのしく寄稿していた。私はある号でO君の随筆を読んでその卓抜さにびっくり仰天したが、のちに芥川龍之介の小品「貉《むじな》」を読んで、そっくり同じであることに二度びっくりした。一瞬、芥川がO君の文章を剽窃したのかと思ったくらいだ。とにかく、仲間の文章の方が作家の文章より権威あるような時代だった。

読書にもおよそ秩序がなかった。講談落語からえらく難解な古典まで無差別に読んだ。同級生のH君から日夏耿之介の大著『明治大正詩史』を譲ってもらって熟読したことも忘れられない。これが私の国語の大学受験勉強となり、二十年後には、学位論文のテーマにまでつながっていった。私は英語が好きだったが、シェイクスピアの『ハムレット』を原文で通読した唯一の本としたことは、いま自分でも信じられないくらいだ。たぶん三年生の時で、菅井宰吉先生のおすすめだったと思う。読めたはず、分かったはずはないのだが、とにかく読み通したのは事実だ。英作文の勉強のつもりで島崎藤村の『夜明け前』の全訳を思いたち、少しずつ訳しては菅井先生に直していただくということもした。二、三十ページも進まないうちに卒業になってしまったが、よくまああんなことをはじめたものだと思う。

自由さと同時に、田舎町特有の狭苦しさがあったことも事実だ。、私などは従順にその枠の中にいた方だと思うが、それだけにますます、ひそかに、ぶきっちょに、その枠から出ようと力んでいたような気もする。もう四分の一世紀も昔になってみると、自分や仲間たちのそういう一所懸命な背伸びぶりが、ひどく貴重に思えてくる。

「自由の時代」の続き

中津高等学校創立七十周年の記念誌が出た時、私は「自由の時代」という文章を書かせていただいた（前項参照）。いまでは『バスのアメリカ』（一九七九年）という自分のエッセイ集に収めている。敗戦後まだ間もなくて、高校だけでなく日本中が将来を模索しており、それだけに心が最も自由に活動していた頃の思い出の文章である。こんどの八十周年記念誌では、その続きを書かせていただくことにする。

私は一九五一年（昭和二十六年）に中津高校を卒業し、東京の大学に入った。高校時代から詩が好きで、大学では詩の同人誌をつくったりしていた。英文科に進み、卒論ではD・H・ロレンスを扱った。もちろん彼の小説も論じたが、詩の方に大きな力を注いだ。当時、ロレンスの詩を正面から論じる人はまだ少なかったと思う。

だが外国の文学ばかり読んでいると、もっと日本のことが知りたくなった。それで大学院は比較文学という学科を専攻した。ここでは、外国文学と日本文学とを比較することになる。この学科は戦後にできたもので、すぐれた先生もおられたがその数は少なく、先輩はますます乏しく、就職のあてもなかった。だが勉強は好きなようにできた。私はロレンスが尊敬したウォルト・ホイットマンというアメリカ詩人と、日本文学との関係を修士論文に取り上げた。四百字詰原稿用紙で八百枚。質はともかく、いまだにこの研究室でいちばん長い修士論文の一つだろう。

博士課程に進んだ。そのうちにもっとホイットマンのこと、アメリカ文学のことを知りたくなって、一九五九年に留学した。アメリカで勉強中、文学を知るにはその背景である文化をもっと知らなければならぬことをさとり、最後の一年は、アメリカ文明学科というのに入った。これは政治、歴史、社会などをひっくるめて総合的にアメリカを把握しようという学問で、やはり新しい分野である。三年間の留学をおえて船で帰国の途中に、電報で母校につとめないかとすすめられた。そこで結局、母校のアメリカ学科というこれまた戦後にできた学科の教師となった。

一九六九年に、『近代文学におけるホイットマンの運命』という論文で文学博士となり、これが本になって、翌年、ある賞をいただいた。ただし私の場合、文学研究の枠を破って、少しずつ文化研究に進んでいた。それも一部の知識人が大切にするエリート文化だけでなく、一般の人たちが愛している大衆文化を、もっと知らなくてはいけないという姿勢だった。ホイットマン自身、アメリカの大衆詩人なのだ。

一九七三年、八カ月間のアメリカ研修が認められた時、私は思い切ってアメリカ大衆文化研究をテーマにした。友人たちは心配してくれた。大衆文化なんて、とても学問の対象とはならぬと思われていたのだ。それでもやってみて、その成果というか、一九七六年に『サーカスが来た！アメリカ大衆文化覚書』という本を出したら、またある賞をいただけた。大衆文化の研究は、その頃から日本でも盛んになりだした。

近ごろはもっと広い視野で新しい領域も切り開きたいと思っているが、要するに私のやっていることなど、高校時代からの延長で、模索の連続にすぎない。そのつど、未知の領域に首をつっこんでは、好奇心にかられて右往左往しているだけだ。しかしまさにそのことに、心の充実を感じる。

一九七一年、中津高校で生徒たちに講演する機会を得た時、私は福沢諭吉の有名なエピソードにふれた。彼は青年時代、日本で最高の蘭学者になっていたのに、開港したばかりの横浜へ行ったら、オランダ語が通用しないではないか。彼はすぐその翌日から英語の勉強をはじめる。いまと違って英語の先生はいないし、辞書もほとんどまったくないのに、である。私はこの時の福沢こそ、挫折感と再出発の決意を含めて、最も精神を充実させていたのではないかと思う。

私は木曽谷のはずれで育った猿猴書生。せめて福沢のそういう精神の一端なりと学び取って、型にはまらず、自分の世界をひろげていきたいと思う。その意味で、いまでも「自由の時代」の中におり、これからもこの時代の姿勢をもち続けるようにつとめたいと思う。

混沌の中から「情」の世界へ

一九四五年、終戦の年に、私は旧制中学校に入った。岐阜県恵那中学校といって、長野県との境界に近い田舎の学校だが、地方ではなかなかの名門で、私は汽車通学をした。石炭の欠乏のためか、しばしば汽車が来ず、片道十二キロを歩いて通ったこともある。

三年生に進む時、いわゆる六・三・三制がしかれ、私は恵那中学校付属中学校というものの生徒になった。旧制中学の付属新制中学というわけだ。翌年、旧制の方の中学校が新制高校になり、私はその一年生になった。ところがこんどは学区制がしかれ、おまけに男女共学になって、私は地元の町の旧制女学校が昇格した岐阜県立中津高等学校の二年生に編入させられた。当然、女生徒が圧倒的に多く、クラスの担任も二年生の時は体操、三年生の時は裁縫の女の先生だった。

戦後の混乱の中で、私(たち)はきりきり舞いさせられていたわけだが、それは私(たち)がはじめて自由を味わった時期でもあった。当時、日本はこれから「文化」国家になるんだということが、盛んに叫ばれていた。それが具体的にどういうことなのか、先生たちにも分かっていなかったと思う。だから先生も含めてみんながきりきり舞いしており、そのあげくの爽快感のようなものがあった。

女生徒たちの間に入り、私は最初のうち、バンカラ中学から来た生徒らしく妙に力んでいたけれども、たちまち思春期にふさわしい「甘酸っぱい」感情にひたるようになった。十数人の仲間と「文化会」なるものを組織、読書会をしたり、遠足に行ったり、ガリ版刷りの雑誌を作ったりもした。女の子の胸のふくらみや息吹きを感じながら語り合う「文化」は、まことにたわいない中身でも、幸せなものだった。

戦後のいろんな変革の中で、男女共学は最も大きな変革の一つだったと私には思える。だがそれを論じる人たちは、どうも制度上のことばかり問題にしがちだ。そこにとびこんでしまった当人たちの、心の変容をも調べてほしい。私個人についていえば、国民学校時代から教え込まれた「志」の世界から出て、「情」の世界を発見したように思う。ついでにいえば、近ごろ流行の「知」の何とやらよりも、私は「情」の展開の方にはるかに心ひかれる。その「情」の世界への関心に私を解き放ってくれたのが、最も直接的には戦後の混乱と男女共学だった。

文化国家建設は、どうやらスローガンだけに終わった。文化包丁や文化鍋、文化住宅、文化人という口舌の徒のような形でしか「文化」は生きず、日本は経済大国の方へ突っ走った。しかし私には、いったん味わった自由な「情」の感覚と結びついて、文化への関心は育ってきたような気がする。東京の大学に入り、「知」の友人たちを得、「志」高い人の議論にも耳を傾け、自分を叱咤するようなこともしたが、その底のところで、「情」の世界の理解をもっとひろげたい、深めたいという思いが、やがて文学や文化の研究を職業とする方向に私を駆ることになったようだ。

田舎人の私は都会にあこがれ、一九五一年に東京へ出た。日本全体は、西洋とくにアメリカを、もっと進んだ都会的文化と見なし、あこがれていたといえるだろう。私は折から世間を騒がせた『チャタレー夫人の恋人』——なんとも不可思議な深遠さをただよわせた「情」の世界——のわいせつ性をめぐる裁判の影響などもあって、D・H・ロレンスに熱中し、一九五五年、彼について卒論を書いたりしたが、やがてロレンスが反発とともに敬愛したアメリカ詩人ウォルト・ホイットマンにとりつかれ、また日本に対するアメリカの圧倒的な影響を痛感したこともあって、五九年、とうとうアメリカに留学することになった。セント・ルイスという地方都市の大学である。

私は、想像していたのと違うアメリカを発見したように思う。アメリカの人々の、なんとまあ田舎人くさいことか。生活は簡素で、ものの考え方にもソフィスティケーションというものがない。街の劇場で外国映画を見せることは滅多になく、たまにそれが大学で上映されると、教授も市民も着飾って見に行き、拍手する。「文化」に対するそういう質朴な態度に、私はほとんど感嘆した。私は日本の都会で知らぬ間に身につけていた都会的知識人ふうの気負いから、ふたたび解放されたように感じた。やがて、最初のエッセイ集『アメリカの心　日本の心』(一九七五年)という本の序論として、「『わが田舎』アメリカ」と題するお笑い草を書くまでになる。

私は三年間、留学生活を送った。「古き良き」アメリカは、ちょうどこの頃をもって終りをつげたのではなかろうか。六〇年代後半から七〇年代を通して、アメリカ文化は激動期を迎えた。カウンターカルチャーからポストモダニズムまで、いろんなことが叫ばれ、伝統的な秩序は瓦壊し、さまざまな新しい価値の模索がなされた。その動きはいまも続いているように見える。

しかし、その基本のところをうかがうと、なかなか変わらない土台の部分もあるのではないか。男女共学ショックがまだ尾を引いているのか、私はたとえば性革命の動向に興味をもち、追跡もしてきた。すると、ほとんど無際限な性的自由の追求の裏に、陰影に富んだ複雑な人間のあり方をまだ知らぬ、ピューリタン的に生一本な若者の自己実現の欲求が展開している（拙著『ピューリタンの末裔たち——アメリカ文化と性』一九八七年参照）。アメリカ人は、田舎人的な「情」の世界を脱出するのではなく、遮二無二、その拡大の可能性をさぐってきただけのようにも思われる。

日本の文化は、アメリカ文化を表面的には模倣してきたけれども、終戦後の混乱期を除くと、こういう生一本さをもたなかった。「情」はひたすら隠微になり、いまでは、いわば都会的な風景の中に、「自己」などとは縁のないヘア・ヌードを花咲かせている。

戦後ちょうど五十年たって、私はいま、また田舎に帰ろうと思っている。私はこれまで外へ外へと出てきた。そうしてとりこんだ「情」の世界を、一度、内へ引き戻し、それでどうなるか、見きわめてみたい。あらたな「情」の世界の理解の拡大や深化があるかもしれぬ。私としては田舎人風に生一本に、まことにささやかながら自分なりの「文化」の探求をまだしてみたいと思うのである。

Ⅱ　浴衣がけの学問へ

アメリカと私　Wonder-fulな国

私は一九五九年（昭和三十四年）、大学院の博士課程在学中にはじめてアメリカへ留学した。それまでの専攻は比較文学で、おもにウォルト・ホイットマンの詩と日本文学との関係を研究していたが、ホイットマン以外のアメリカ文学はほとんど何も知らなかった。ましてやアメリカの社会・文化のこととなると、映画や漫画や、わずかばかり読んだ小説類から、勝手にいろいろ想像するだけだった。それで、もっとよくアメリカを知りたい、と思い立ったのである。

私の小学校（当時は国民学校といった）時代、アメリカは日本の敵だった。だが中学一年の時、日本は敗戦を迎え、アメリカは一挙に、文化国家たるべき日本のモデルとなった。岐阜県の山間の田舎町でも、アメリカの民主主義なるものの偉大さをさんざんに教えられた。おまけに映画や漫画（『ブロンディ』など）で見るアメリカは、日本とかけ離れたレベルでの人間の生の活力や楽しさを示しているように思えた。

やがて大学生となって東京に出ると、サンフランシスコ平和条約で日本が独立を回復した年でもあり、アメリカの帝国主義や資本主義を批判しなければ知識人ではないような雰囲気が濃厚で、私は圧倒された。だがそれでも、少しずつ読むアメリカの文学（ヘミングウェイやノーマン・メイラー）は、日本文学とは違うスケールの人間の活動を見せつけるように思えて、心が昂揚した。

アメリカは私にとって、wonderに満ちた外国だった。このwonderという言葉に、私は魅力的な「驚異」と、よく分からないものへの「不思議」の思いとの両方の意味をもたせたい。アメリカはアメリカ人にとってもwonder-fulであり続けただろうが、外国人たる私にはますますそうであった。留学は、いまから思えば、そういう「異国」の探検だった。

私はアメリカの大学からフェローシップを得て留学することになったのだが、当時は外貨を持ち出すことが厳しく制限されていた。飛行機代を節約するため、貨物船で行った。アメリカで物を買うことも難しいだろうというので、二つの大きなジュラルミンのトランクに、二年間分の衣類などをぎっしりつめて持参した。よくもまあもてたものだ。希望に満ちていたが、また一種の悲壮感に溢れてもいたに違いない。文明開化熱にかられて海を渡った明治時代の日本人、たとえばアメリカをキリスト教の「聖地」と信じて渡米した内村鑑三なども、こんな気持だったのではないかと思うことがある。

しかし、「聖地」とかけ離れたアメリカの現実を見て失望し、激怒し、精神的な日本回帰もした内村と違って、彼より七十年後の私は、比較的素直に「アメリカ」をうけいれたといえるようだ。シアトルで上陸、バスで目指すセント・ルイスまで行ったのだが、まずハイウェイのすばらしさや、そこをびゅんびゅん走る自動車の列に「文明」の力を感じた。金がないから有料の観光施設は何も見なかったが、無料の美術館や博物館、それにたとえばモルモン教テンプルのパイプ・オルガンの演奏といったものに、この国の「精神」の力を知らされる思いだった。人はみな親切だった。アメリカは国力の絶頂期にあった。

私にも、アメリカ・コンプレクスはあった。そもそも、田舎から東京に出た時、私は都会コンプレクスとでもいうべきものに陥った。大学で、東京出身の級友たちが新しい知識をふりかざし、高尚そうな議論をするのに接すると、劣等感にさいなまれた。そのため、腹の中で、何と軽薄な都会っ子めと彼らを軽蔑し、劣等感の裏返しの優越感をかき立てる努力もしていた。アメリカは、そういう私にとって、東京よりもさらに発達した都会的文明であった。文明開化時代の日本人も、世界の田舎から国際社会に抛り出され、やはり西洋文明を都会として、激しいコンプレクスに陥ったのではなかろうか。内村鑑三のアメリカへの怒りは、その辺にも原因があったのかもしれない。

ところが、セント・ルイスで生活しはじめて、私はこのコンプレクスから解き放たれていったように思う。セント・ルイスはかなりの大都会ではあったが、人間のなんと素朴なことか。私の大学は、田舎根性丸出しに「中西部のハーヴァード」などと称していた。友人たちは知も情もあるのだが、へんなソフィスティケーションがない。木曾の猿猴を自任する私の方が、まだ屈折した思考や表現をするようにも思えた。市の一歩外に出れば広大な大草原がひろがり、ミシシッピー川は雄大に流れる。そういう風土とも呼応するおおらかさが、多くの人々にあった。私はここでつまらぬ気負いを捨て、自由に、自分本位に生きはじめたと思う。

私は結局、セント・ルイスに二年間滞在した。二年目のフェローシップを得るために懸命に勉強もしたが、結婚し、子供もでき、日常生活の底辺を歩きもした。アメリカの wonder をもっと知りたくなって、三年目は、当時アメリカ研究の拠点の一つであったメリーランドの大学に移った。しかし最初の二年間の中西部での生活が、アメリカの「文明」を「荒野」の側から見、自分自身の中の野性をも大切にする姿勢を養ってくれたような気がする。

私にとって、アメリカはいぜんとして外国である。そしてアメリカ文学は外国文学である。新しい批評理論を駆使してボーダーレスの思考を展開するといった芸当は、私のよくするところではない。アメリカ文学はいまも独特の wonder を保っているように思え、だから苦労して読んで楽しもうともしている。しかし、精神的な意味でも「荒野のアメリカ」と私の呼ぶものに一歩入ると、私は日本では味わえぬ解放感を覚える。ジュラルミンのトランクは、いまでは記念として書庫のすみに押し込めている。代わりに、「カバンひとつでアメリカン」などと称して、私は身軽にこの国を「探検」する姿勢である。それでも、あくまで「異国」だから、心は緊張している。こういう緊張感と解放感とを微妙にからみ合わせながら、私はなおもアメリカのwonderの中に入って行きたいと思っているようだ。

セント・ルイスにおける「青春」

青春などという言葉は、私には生酸っぱすぎて使いにくい。しかし、初めてアメリカに留学した時の生活は、あれが(遅ればせながら)青春だったかしら、と思えるような一生懸命さをもっていたように思う。

私は一九五九年の夏、セント・ルイス市にあるワシントン大学に留学した。日本ではあまりよく知られていないが、その地方では名門の私立大学である。私は満二十七歳になったばかりで、東大の博士課程の三年生だった。勉強の面でも、生活の面でも、行きづまっていた。外の世界へ出たかった。

初めて行くアメリカは、まさに国力の絶頂期で、土地の広さ、社会の豊かさ、あらゆるものが驚異だった。大学のキャンパスの美しさも、息をのんだ。リスが遊び、野ウサギが跳んでいる。こんな世界があったのか、と私は思った。

いよいよ授業がはじまると、たいへんだった。私は日本で、まずイギリス文学を学び、大学院では比較文学を学んだので、今度はアメリカ文学を専攻したいと思っていた。だがたちまち、アメリカ文学についての自分の知識が、いわばその狭い頂点に関することだけで、広大な裾野にはぜんぜん及んでいないことを思い知らされた。しかも私は、ワシントン大学の奨学金をもらって来ていた。成績が悪いと、これが継続できなくなってしまう。頑張って勉強した。

そのくせ、日本では抱けぬ夢もひろげた。セント・ルイスはミシシッピー川のほとりの都市である。私は時どき川岸にすわってマーク・トウェインの描く自然児ハックルベリー・フィンと黒人ジムが、昔この川をいかだで下った情景を思った。自分もその真似をしてみたくて、友だちに真剣に相談したこともある。

私は下手くそな英語をしゃべっているのに、不思議とよい友達ができた。チョーサー学者のボブと、その可憐な妻だったジジー。黒人文学を研究していたティムと貴婦人のような奥さんのジョイス。スノー・ホワイト(白雪姫)と私が呼んだ肌白のケイと、その妹でやはり輝くばかりの美少女だったエリス——。みな、いまだに親友として付き合っている人たちだ。

このセント・ルイスで私は結婚し、子供もできた。幸い奨学金は延長になったが、生活は切りつめなければならぬ。安アパートを探し求めて、結婚後一年間で七回も引っ越した。ただし、そのおかげで、「豊かな社会」の裏面も少しは知った。なにしろ私たちのアパートは、たいてい白人地区と黒人地区の境界の所にあった。

アルバイトもいろいろした。「フェイマス・バー」という市で最大のデパートの臨時夜警、「ラーフィング・ブッダ」(笑う仏陀、布袋《ほてい》さんのことらしかった)といういささかいかがわしい日本レストランのウエーター、ペンキ塗りや、ベビーシッター。新聞広告で見て住み込み召使いもやってみたが、一週間で免職になった。しかし、これらは日本ではなかなかできない体験だったわけで、いまではたいそう感謝している。

こうしてセント・ルイスで、私はまことに落ち着かない生活を送り、きりきり舞いしていた。しかし精神は、私の生涯でみぞうに緊張し、充実していたと思う。そのためだろう、勉強が無限に楽しかった。そして私の関心は、文学そのものから、もっと広い文化や社会へとひろまっていった。二年間のワシントン大学留学を終えた時、私はこんどは「アメリカ文明学」と称するものを勉強したくなって、そういう学科のある東部の大学にもう一年間留学すべく、移って行った。

メリーランドのベビーシッター

メリーランドというのは、アメリカ東海岸の南北の境い目にあって、首府のワシントンをなかば包み込んでいる州である。一九六一年、そこの州立大学に私たちは移った。妻はセント・ルイスで私と結婚し、子供もできて学業を中断したため、この大学で修士の学位を取ることを目指した。私はこの大学に「アメリカ文明学」プログラムがあることを知って、自分の文学研究の枠を乗り越えるヒントを得たいと思い立ったのだった。

生活はセント・ルイス時代よりもさらに貧しかった。最大の収入源である奨学金がなくなったのだ。私たちは大学食堂の貼紙を見て、アメリカ人の住むアパートの中の一室を借りて住むことにした。アパートの正規の借り手、つまり私たちの大家にあたるリース婆さん自身が、貧しい生活に堪えていた。もう六十歳をたっぷり過ぎていたが、ご主人は陸軍病院に十数年入ったまま亡くなり、一人息子は交通事故にあって半身不随となり、妻に去られ、毎晩のんだくれていた。そんなことが私たちと同居して一年間にぜんぶ起こり、婆さんはみるみる衰弱して、ついに食品のショッピングも私たちに頼むようになった。ただ赤ん坊をたいそう可愛がって下さった。

私は収入を得るために、心理学研究室の助手になった。心理学のシの字も知らない。だが教授が日本人の心理を研究していたので、資料の翻訳をしたり、自分のあやしげな日本知識を語ったりしておればよかった。だから給料は安かった。

妻はスーパーマーケットの貼紙でベビーシッターの仕事を見つけてきたが、本人は論文執筆に追われていたので、たいてい私が肩代わりした。先方のアパートへ行って、ベビーのお守りをしていればよいのだ。本を読む時間はたっぷりあった。ベビーの母親はワシントンのナイトクラブのダンサーだった。夕刻に出勤して、深夜二時頃に帰ってくる。時どき男性(異なる男性)がついてきたが、みなベビーを自分の子と思っているさまがおかしかった。

感心したのは同じアパートを分けあっている姐さん株の女性、その名はいまも覚えているボビー・コリンズで、彼女がナイトクラブのスターだった。ふだんはジーパン姿で目立たないが、化粧すると目を見張る美しさだった。彼女は男をつれて帰ることは決してなかった。そして仕事の終わった私を車でアパートまで送り返してくれたのだ。歩いて数分の所だから私はことわったが、深夜の一人歩きを心配してのことだった。自分が酔っている時はタクシーを呼び、そっと五ドル紙幣をくれた。実際はその半額くらいですんだのだが。

ストリップ・ダンサーのベビーシッターでありながら、ホワイト・ハウスに招かれたこともある。J・F・ケネディ大統領の時代で、いかにもこの人らしく、全国から留学生の代表を招いて、ガーデン・パーティを催したのだ。私はアメリカ文明学なんてものを専攻していたからだろう、メリーランド大学の代表に選ばれたのだった。招待状は夫婦に来たが、妻は論文で忙しく、ベビーシッター役を引き受けるといって、辞退した。私は昼間はワシントンにある議会図書館に入りびたっていたので、そこからホワイト・ハウスへ歩いて行った。入口でネクタイはしめたが、ズック靴だったのではなかろうか。

この時のことで、いまも忘れえない情景がある。留学生たちがケネディのまわりに群がり、握手やら何やらしていた時、私はそんな気力がないものだから、少し離れた所で大統領にカメラを向けた。すると彼はすぐそれに気がつき、一瞬、笑顔を整え、ポーズをとってくれたのだ。私は、ああこれが大統領というものだと思った。どんな時にも周囲に気を配り、サービスをおこたらないのだ。

議会図書館で、私は日本に帰ったら読めそうにないアメリカ関係の古い文献を読みあさった。だがそのあと、ワシントンの街を歩くことも楽しかった。セント・ルイスと違って一国の首府だから、威儀を正した表通りと、人間のホンネをさらけた裏街との対照が際立っていた。ボビー・コリンズに刺戟されたわけではあるまいが、私には後者の方がおもしろかった。ナイトクラブの休日はベビーシッターも休みだったから、バスでボルティモアの町にもよく出かけた。古い大きな港町で、港町らしくホンネの巷も発達し、歩いているといろんな商売の人に出会えた。貧民地区もまたひろがっていて、その一角にかつてエドガー・アラン・ポーの住んだ家があったりした。裏街のいかがわしい本屋や雑貨屋なども楽しんだ。

私にも、ハーヴァードやイェールといった一流大学へのあこがれがなかったわけではない。しかしいまになってみると、地方大学で勝手気ままに勉強したことがどんなに幸せだったか、という思いもする。高尚そうなことをいう先生もいたが、ひるむ必要はなかった。

とくにいい影響をうけたと思うのはA・O・オールドリッジ先生だ。先生はベンジャミン・フランクリンの権威だが、フランクリンがじつは放蕩の自由人だったことを力説していた。私がピューリタン時代のアメリカで、じつはホンネ本位の世俗的な文化クラブが大いに発達していたことについてのレポートを提出すると、先生はひどく喜んで下さった。"Cultural Clubs in Colonial America, 1720-1750" と題するこのレポートは、私が帰国後、英語で発表する最初の論文のもととなった(『英文学研究』一九六四年英文号)。その後、カナダの文芸雑誌で先生と対談したり、先生が編集する学問雑誌 *Comparative Literature Studies* の「国際顧問《インターナショナル・アドヴァイザー》」というものにしていただいたりして、先生との思い出はつきない。

一年後、妻が目標通り学位を取るまでに、私は「文明学」という言葉がつい意味しがちな、お偉く高級そうな学問よりも、もっと一般庶民の、いわば文化の底辺のところを勉強したいという気持を強めていた。学問の権威は重んじたい。しかし、へんな権威主義は無視しよう、といった思いも養っていたように思う。それからもう一つ、できるだけホンネをさらけだした、自由な表現を追求しようとも、心のどこかで決めていたのではなかろうか。メリーランドでの一年もまた、私の学問的な「青春」であったかもしれない。

『英語青年』に初めて投稿した頃

　私の記憶の中には、はっきりしたイメージともなって残っているのだが、ひょっとしたら、夢まぼろしのことだったかもしれない。念のために古い日記を取り出して調べてみると、ちょうどその日の前後が欠けている。欠けているのは、病床についていたからかもしれない——と考えると、やっぱり根拠のある記憶のようにも思えてくる。

　私は一九六二年（昭和三十七年）の暮、二年間のアメリカ留学から帰り、翌年四月、東京大学に職を得て、さしあたり、留学中に結婚した妻の実家に住まわせてもらった。中央線の荻窪駅から歩いて十分ほどの、当時は閑静な住宅地の中である。妻の両親と姉夫婦の一家の住むところに割り込んだ形なので、玄関脇の（昔は女中部屋という感じの）六畳の部屋に、やはり教師になりたての妻と二人机を並べ、本を積み重ねて、勉強と生活のいっさいをしていた。

　さてその一九六三年の七月中頃に違いない。私は風邪をひいたか何かで熱を出し、この六畳に寝て呻吟していた（妻は外出していた）。と、玄関の戸が開けられる音がし、年輩の男の人の声がする。妻の母が対応に出た。客は、『英語青年』の編集をしている者ですが、ひょっとして亀井さん（あるいは先生といわれたかもしれない）がご在宅かしらと思いまして、と話されている。

私はとび起きて、玄関に出ていきたいと思った。これより前、六月の末に、私は「野口米次郎のアメリカ詩壇登場―― *The Lark* 誌について」という論文を書いて、『英語青年』に生まれてはじめての投稿をしていたのだ。この人は、その採否の結果をもってきて下さったのに違いない。

しかし義母は、法学者の妻で、『英語青年』の何たるかを知ってはいない。私に来客の意志を取り次ぎもしないで、私が熱を出して寝ていることを告げるだけだった。客は、いえ、近くを通りかかったのでお寄りしただけで、といって引き返しかけながら、立派な論文を有難うございましたとお伝え下さい、と付け加えられた。私はすでに布団の上にすわって、熱のせいか、嬉しい気持でか、がたがたふるえていた――そのイメージがいまもはっきりと思い浮かぶのだ。

『英語青年』の年譜を見ると、当時の編集者は荒竹三郎氏であったようだ。それもこの地位につかれて間もない頃であったはずだ。氏は、大学教師になりたての若輩の文章を読まれ、わざわざかついでにか、それは知らぬが、とにかく会いにきて下さった――のであろう。もちろん、氏にそんな記憶はおありにならないと思う。私自身が三十五年もたってみると、本当にあったことかどうか、自信がない。

それでも、それが事実として記憶されているのは、ひとつには、その前にか後にか、滝田樗陰《ちょいん》の有名なエピソードを何度も読んだことによるかもしれない。『中央公論』の名編集長とうたわれた樗陰は、新人発掘にも力を注いだ人だった。彼の黒塗りの人力車が家の前に止まった時の無名作家の歓喜が、幾多の文章になって残っている。そしてそういう文章には、樗陰の人力車の音、彼の足音、彼が玄関を開ける音などまでが、生き生きと語られていたように思う。私は知らぬ間に、荒竹氏(らしい人)のご来訪をそれに重ねて、自分のひそかな喜びの記憶としたのではなかろうか。

野口米次郎についての論文は、『英語青年』の九月号に掲載された。それが送られてきた八月十日の日記は、「誤植が三つある。ただし一つは自分の原稿の責任である」と、まことにそっけない。欣喜雀躍の思いをこんなふうに懸命に抑えたのも、若さのなせるわざだったような気がする。

しかし、これもいまなおはっきりと思い出すのは、岐阜県の山間にある私の高等学校の恩師の菅井宰吉先生が、『英語青年』をとっておられていて、手離しで喜んで下さったことだ。論文の内容もほめて下さった。が、さらに、『英語青年』という雑誌に教え子の文章がのったことを先生の喜びとして下さったのだ。『英語青年』というのは、そういう雑誌だったのであろう。いまもそうだと信じている。

それ以来、私は『英語青年』の恩恵をうけ続けてきた。歴代の編集者に温かい励ましをうけ、親しくつき合っていただきもしてきた。しかし荒竹氏には、たぶん、ついに直接お目にかかったことがないのではないか。その荒竹氏をいわばなつかしく思うのは、ひとつには、当時の自分の青年らしい客気がなつかしいからかもしれない。

学士院賞受賞の記(1)

日本学士院賞というものの存在は前から知っていたが、私がそれをいただくことになろうとは夢にも思わなかった。従って具体的なイメージをもったこともなく、それがどんな歴史と内容のものかということも、受賞決定後にひとから聞いて少しばかり知っただけである。それに受賞式はまだ(この稿執筆の)ふた月も先のことで、まとまった感想が浮かんでこない。こういう時は月並な挨拶を書くのが一番よい逃げ道だろうが、それでは(誰に対してだか自分でも分からないのだが)なにか申し訳ないような気がする。

受賞の対象となった拙著『近代文学におけるホイットマンの運命』(一九七〇年)の出版記念会を

していただいた時に、私は傲然とうけとられても仕様がないような態度で、次のようにこの本の自評を述べた。

第一にこれは「鈍才の書」である。鈍才とは必ずしも謙遜のみの辞ではなく、才知横行の時流に背をむけ、こまかな事実の調査を重んじ、しかもその事実（と信ずるもの）に自分を真っ向からぶっつけようとする者という意味だ。

第二にいささか過激な言葉を使わせていただけば、これは「痛憤の書」である。痛憤は、せまい意味では、研究テクニックの末梢にかかずらって「文学」を忘れてしまった、いわゆる（本物ではない）「比較文学」に向けられる。（私には広い意味での痛憤の対象もあるような気がするのだが、その席ではうまく表現できなかったし、いまでもまだよくつかめないでいる。ただ、『比較文学研究』十八号で出版記念会の記事を書いて下さった中山佳子さんは、それは今度の本の内容からして「日本近代文学の趨勢……とその研究の方向そのもの」であろうと解説されている。）

第三にこれは「出発の書」である。鈍才による痛憤の書とすれば、この本は背のびした内容にならざるをえない。そのことを私はよく自覚しているつもりだが、しかしその背のびこそ自分の若さの表現と見、いつくしんで育てたい。ホイットマンは「わたし自身の歌」の冒頭で "I, now thirty-seven years old in perfect health begin, / Hoping to cease not till death" とうたった時、明らかに背のびの自覚と将来の成長への希望とをもっていた。私もいま三十七歳にして同様な姿勢で

"begin" したい。

大体そんなことを申し上げた。

その後、そんなこの本についてさまざまな批評をいただいた。新聞雑誌上の批評もさることながら、思いがけぬ所で思いがけぬ人が読んで下さっていて、鋭いしかも親切な批評をして下さることが一再ならずあった。私は前に *Yone Noguchi, An English Poet of Japan*（一九六五年）という英文の小冊子を書いたことがあるが、これは外山卯三郎氏が出して下さった事実上の私家版で、ほとんど人目にふれないで終わったので、今度の本が世の批判をうける最初であり、ずいぶん勉強になった。そして正直なところ動揺もし、意気阻喪しそうになったこともある。これが受賞したことは、私にとって大きなはげましである。まだ審査講評の文を読みえていないので、どういう理由で賞がいただけたのかも分からないが、私としてはいまのところ勝手に、あの「出発」の姿勢に対する支えを、この受賞に見出したい思いである。

学士院賞受賞の記（2）

学士院賞というものは、学なりとげた偉い学者だけがいただくものとばかり思っていた。私のようにまだ学問の門前でうろついている若輩がその賞をうけることになったと聞いた時、容易に信じられなかった。放送局や新聞社の人が写真をとり、インタビューをしにきても、上の空だった。ただ数日、あるいは十数日たち、しずかに自分の勉強のことを考える余裕が出てきた時、ようやくしみじみうれしい感じがしてきた。

こんどの受賞の対象になったのは、『近代文学におけるホイットマンの運命』という研究である。これはアメリカの詩人ウォルト・ホイットマンを西洋や日本の近代詩の大淵源としてとらえ、その思想や表現の形成過程、およびその伝播影響の跡をさぐったものである。私はこういう研究を通して、近代文学、とくに日本の近代詩の展開のある特性を剔出《てきしゅつ》し、考察してみたかった。思いは高かったと思う。しかし才がともなわなかった。約十五年をついやして、ようやくできたのが約六百五十ページの書一巻なのだ。

ところどころ誇りとしたい部分はあった。私は事実と実証を重んじる方で、そのための苦心にも感慨はあるが、しかし事実調査の徹底は学者の当然なすべきことであって、あえて誇りとするには当たらない。私はその事実の集積に自分の存在を真っ向からぶっつけるよう努めた。事実の配列に終わる研究は今でも少なくないし、事実を才知で恰好よく料理してみせる仕事はいまや流行である。私はもっとぶざまに対象ととっ組みあいをしてみた。私はこの態度をD・H・ロレンスや岩野泡鳴や有島武郎——ホイットマンの最も深い意味での吸収者たち——から学んだ。

しかしまた、こういう態度に対する自負はたえずぐらついた。相撲をいどむには、相手はあまりにも巨大で、こちらは知識も理解も力不足だ。自分で最もいやなのは、知識や理解が及ばないと、ついさかしらな言辞を弄し、批評家ぶって、そのじつ逃げの煙幕を張ってしまうことである。直しても直してもそういう個所はなくならなかった。自分を主張するには、自分を正しく把握し、抑制しなければならない。それがどうしても満足できるまでにはいかなかった。

昨年四月、誇りと焦りとが入りまじりながら、このままでは研究はもう進まないと感じて、ついにいちど本にして放出してみることにした。さまざまな(多くは好意ある)書評をえた。しかしホイットマン文学、あるいは日本の近代詩に対する私の態度そのものは、あまり問題にされなかったようだ。私は前に英文の小冊子を出したことがあるが、こんどはじめてすべてを注いだ本を出して、はじめて本を出す人の淋しさを知った。

そういう矢先に、今年(一九七一年)の三月十二日、受賞のしらせをうけたのだった。真に学なりとげて賞をえた人には分からないかもしれない有難いはげましを、私はしだいにこの受賞から感じ取るようになっていった。

受賞式は五月二十七日(午前)にあった。「天皇陛下の行幸を仰ぎ」、総理大臣、文部大臣、外国大公使館関係の人々、および学士院会員の出席のもとに、上野の学士院で行われた。式そのものは二十分程だが、その前後に、天皇陛下に受賞研究の説明をしたり、来観者に資料を見せたりする行事があった。どちらをむいても、われら末輩の近づきがたい偉い人ばかりのようで、私は終始、まるで(古い記憶にある)教員室に迷い込んだ小学生のような感じだった。ただ、学士院会員で日本英文学の大耆宿である斎藤勇、土居光知の両博士が出席していて下さり、この迷い込んできた生徒のいわば受け持ちの先生のように、やさしく気を使っていて下さった。

昼は宮中にうかがい、天皇陛下のご陪食。それからお茶席があった。午前の研究説明とこの二度のテーブルとでおそばに接しただけの陛下について、ことさら感想を述べるのは控えたいと思う。ただ、世上に流布している天皇観、あるいは天皇像が、はなはだしく事実とかけ離れたものだという印象を私はもった。私は九年前のやはり五月に、留学生として、ケネディ大統領からホワイト・ハウスのパーティに招かれたことがある。その時は、大統領はいわば思っていたとおりの人だったと思った。こんどは驚き、感銘し、自分がつまらぬ先入見に支配されていたことを恥じた。こういう印象の違いは、両元首の人柄の違いや、そのおかれた地位の違いにもよるところが大きいだろう。ともあれ私は(日本とアメリカの比較文学研究に志しているものとして)その種の感想を次々と記憶にとどめながら、全心これ好奇心といった形で席につらなっていた。いわば客たるものとして、失礼きわまりない態度だと知りながら、これまた受賞によって与えられたまたとない機会なので、少しでもよくこれを生かしたいと思っていたのだ。

二時間ほどで宮中を退出。夜は文部大臣招待の席があった。

私はこんどの受賞を、自分の研究の姿勢に対するはげましとして受け止めたい。私はこれを私と無関係なことと見なすほど偉くないし、またこれで自分が変わってしまうほど卑屈にもなりたくない。今まで私を導き助けて下さった師や先輩や友人には心からお礼を申し上げ、恰好つけず、素直に喜びたい。しかしどうみても、私に対する賞とは、今後のもっと本格的な勉強に対するはなむけのように思われる。

親切な人たちが、この賞を重荷にしてはいけないとよくいって下さる。私もまったくそう思う。というより、私には自分流の仕事しかできないことがよく分かっているのだ。いつまでも未完成で、泥くさく、野暮ったいのが、どうも私の学魂というものであるらしい。思いがけず一日、偉い人たちの間にまじったが、この経験から得たことを吸収しながらも、私はやはり私に徹しよう。

そしてホイットマンが自分の詩集についていった「これに触れるものは人間に触れる」というたぐいの仕事を、いつかはなしとげてみたいと思う。

「アメリカ古典文庫」編集の思い出

東京は駒場にある東大教養学部の前から、同僚の本間長世氏と電車に乗った。渋谷までだとものの五分もかからないから、そこで乗りかえてさらにどこかへ行ったのだろう。車中で、日本におけるアメリカ研究や、アメリカについての学問的な啓蒙のあり方について、いろいろ話し合った。

アメリカに関する翻訳書はたくさん出ている。しかしアメリカを理解するための基礎になって、しかもおもしろく、必読の作品といったものは、案外まだ翻訳が乏しいのではないか。小説や詩などはまだしもだけれども、社会や文化をめぐる評論的な文章となると、とくにお寒い。何とか、そういう本の翻訳シリーズが出てくれないものか。いや、なんなら、私たちでそれを実現する試みをしてみようじゃないか、と話は一挙に発展していった。

ついでに、そういう本の解説のあり方にも議論の花が咲いた。ちょうどその少し前に、ある古典的なアメリカ研究書の翻訳が出版されたのだが、訳者によるそっけないほどつつましい「あとがき」がついているだけで、歓迎の旗持ちをしたかった私たちは、ともに背負い投げを食ったような気持を味わっていた。それで、充実した解説の必要性をお互いに確認し合ったのだった。

私たちは――というより格段にリーダーシップのまさる本間さんが、というべきだが――すぐさまこの思いを実行に移した。日頃から敬愛している齋藤眞、大橋健三郎の両先生に相談すると、大いに賛同し、一緒に編集陣を構成して下さった。社会系と人文系のバランスも、この四人でとれるような気がした。研究社も積極的で、上田和夫さんと守屋岑男さんが担当して下さることになった。

電車の中の雑談がいつのことだったか、いま日記をめくり直しても記述がない。一九七二年頃のことではなかろうか。その後、何度か編集会議を開いた。本郷の学士会館で開いたことは、日記に記してある。だが私には、新宿の飲み屋などで開いた時のことの方が――日記からはもれているけれども――記憶に鮮明だ。気楽に杯を交わしながらのやりとりが、いちばん若輩の私には、有難くて嬉しかったのだろう。

「アメリカ古典文庫」という名は誰がつけたか、どうしても思い出せないが、いまだに出色のシリーズ名だと思う。ただ私たちは、そういう名称にもかかわらず、ベンジャミン・フランクリンからジョン・デューイにいたるまでのアメリカ人の古典的作品だけでなく、ヨーロッパ人のアメリカ論なども積極的にとりあげる方針を立てた。またこのシリーズが日本人を読者とするものであることから、『アメリカ人の日本論』『日本人のアメリカ論』といった巻も設けた。

それぞれの巻についていうと、たとえばフランクリンの巻は『自伝』を、ヘンリー・ソローの巻は『ウォルデン』をはぶき、比較的知られていないけれども重要なほかの作品を多く収めるようにした。ただしその選択は、翻訳をお願いした方にまかせた。解説は、思い切って、基本的に四人の編者が受け持つことにした。ただしこれも、いくつかの巻では、翻訳の方などに依頼した。全二十三巻、第一級の(多くはまだ若手に属していたけれども)学者の熱心なご協力により、清新で意味ある内容になったように思う。

一九七四年十一月、第一回配本にこぎつけた。酒本雅之氏の翻訳されたD・H・ロレンスの巻で、『アメリカ古典文学研究』ほか一篇を収めている。イギリス作家のものをいきなり差し出すのは、躊躇もしたが、アメリカ研究に国際的視野を重んじていた編集陣の、「狙い」を生かしたやり方でもあった。解説を担当した私は、緊張と昂揚とをたっぷり味わった。しかし第三回配本まで進んだ時点で、『毎日新聞』がこのシリーズをとり上げ、全体を高く評価し、「優れている解説」という見出しもつけてくれているのを見た時、正直、ほっとした。

一九七六年十一月、「アメリカ古典文庫」はまだ刊行中だったけれども、日本翻訳出版文化賞を受賞した。これは出版社が受ける賞で、上田、守屋の両氏が受賞式に出られたが、私も誘われてお供した。式の後、新宿で傾けた杯の快さも忘れられない。

このシリーズの出発当時、飯田橋のお濠端にあった研究社の社屋に、「アメリカ古典文庫」のたれ幕が出ているのを、私は中央線の車窓から嬉しく眺めていたものだ。最終配本は翻訳者のご都合でおくれて、一九八二年三月になり、たれ幕はとっくに消え、私も最初の本間さんとの車中談義から十歳は年をとっていた。しかしこのシリーズの仕事は、私自身にとって、アメリカ研究者としての青年の情を注いだ思いがあり、いまも懐しく思い出される。

私の好奇心

ニキビ吹き出し、ちょろちょろひげが生え出した頃、女の子っていったいどうなっているのか、知りたい思いにかられはじめた。そして辞書でいろんな単語をひき、この不可思議な生き物の秘密にせまろうとつとめた——まともな人なら、たいてい身に覚えがおありのことだろう。だがいっこう秘密がとけぬまま、現在にいたってしまった。そのことが、いまだに私の文学・文化研究の原動力になっているらしい。

ポール・バニヤンは、アメリカのフォーク・ヒーロー・ナンバー・ワン。雲つく巨人のきこりである。彼が大陸の原始の大森林をばっさばっさと切り開いた話は、民間におびただしくひろまっている。ところが、そういう話を聞いたり読んだりすると、私はすぐ、この巨人の関心をそそる「女の子」はいたかしら、と心配になる。いたらどういう人だったかしら、と調べ出す。ロバート・フロストの「ポールの妻」という詩に出会った時は、うれしかった。

反対に漫画のスーパーマンがつまらないのは、「女の子」に対して彼があまりにも鈍感であることだ。たとえば「女の子」の体の仕組みについて、辞書をひいてでも知ってみたいと思うだけの人間的感情（男なら誰でも身に覚えがあるでしょう）が彼にはない。彼はスーパーマンであってマンではないのだから、仕方ないのだろうか。英語でスーパーの反対はサブターらしい。私にとって、スーパーマンはサブターマンと呼ぶのがふさわしい。

「アメリカの大草原は女のいない世界であるのと同様に、アメリカ小説は女のいない小説だ」という説がある（ジャック・カボー著『喪われた大草原』）。人間の自然な好奇心を信ずる私には、いささか眉つばの説だ。私には、アメリカ文学の中のいろんな女性が思い浮かんでくる。アメリカのある有名な評論家は、『アメリカのアダム』と題する本を書いた。私はいつか、『アメリカのイヴたち』について書きたい。

私は宇宙のことにも、海底のことにも、とんと興味がない。地球が西暦二千年の手前で破壊するとかいう大問題は、お偉い予言者に考えてもらいましょう。私の関心は目の前の普通の人間。女の子やそれにいかれてしまう男性たちである。

アメリカを代表する詩人ウォルト・ホイットマンは、「普段着のままの男女の群れよ、君たちはなんとわが好奇心をそそることか！」とうたった。ほかの点はいちおう別としても、この好奇心でだけは、私も彼の仲間であるような気がする。

文章開眼　矢デモ鉄砲デモ持ッテコイ

大学を出た頃から十数年間、私はウォルト・ホイットマンというアメリカの詩人に打ち込んでいた。彼について世界で一番いい論文を書きたいなどとバカなことを思い、しかも、こういうデモクラシー詩人を論じるなら、小学校しか出ていない父でも読める文章で表現すべきだと殊勝《しゅしょう》なことも考えて、苦心惨憺《さんたん》、せっせと書きためたのが四百字詰め原稿用紙で三千枚。これが私の博士論文になった。

それから、こんなに長くてはとても出版してくれる本屋がないので、またもやせっせと書き直し、全体を千数百枚に縮め、『近代文学におけるホイットマンの運命』（研究社、一九七〇年）という本にした。これでもってある賞をいただいたのだが、この間、私はとても禁欲的だった。ホイットマンから派生して、アメリカのこと、大衆文化のこと、社会や人間のことなど、いいたいことは腹の中にたまっていたが、それを抑えて、純粋に学問的な本を仕上げようと努めていた。

本が出た瞬間、なんとなく、さあ、これからオレは自由だ、という気がした。矢デモ鉄砲デモ持ッテコイ。

気がつくと、その後、私の文章は多少とも自由になっていた。父もようやく、お前の文章が読めるようになったといってくれた。学問の長いトンネルを抜けてきたおかげで、広い野原に出られたように感じた。いまふり返っても、よかったと思う。私は三十七歳だった。

駒子の雑記帳をまねて

川端康成の名作『雪国』に、ヒロインの芸者駒子が作者自身を思わせる島村とおしゃべりしながら、自分は十五、六の頃から読んだ小説のことをいちいち書きとめておき、そのための雑記帳がもう十冊にもなった、と語るところがある。それに続く会話はこうである。

「感想を書いとくんだね?」

「感想なんか書けませんわ。題と作者と、それから出て来る人物の名前と、その人たちの関係と、それくらいのものですわ。」

「そんなものを書き止めたって、しょうがないじゃないか。」

「しょうがありませんわ。」

「徒労だね。」

「そうですわ」と、女はこともなげに明るく答えて、しかしじっと島村を見つめていた。

私はオクテで、大学に入った頃に、ようやくこの作品を読んだ。そして、駒子の姿態のなまめかしさなども描かれていたのに、それよりも彼女のこの話しぶりに妙に感動した。そのあげく、彼女の真似をしはじめた。いまも続けている真似である。

島村も、じつは「徒労だね」といってから反省するのだが、私には、島村なんぞより駒子の態度の方がずっと素直で自然に思えた。だいいち、私自身、小説を読む時、まず筋が気になり、登場人物の関係に心ひかれる。それで駒子にならって、雑記帳をつくったのである。私は生意気に感想も書き加えたけれども、せっせと、読んだ作品の内容を書きとめた。登場人物の関係図のようなものをつくりもした。気に入った文句を書きうつしておくこともあった。詩集などを読んだ時は、ますますそうだ。

もっとも、いつしか、この雑記帳があまりふえなくなってきた。昔は、一年に大学ノート一冊分は書いたのに、近ごろは、数年たってもまだ同じ大学ノートが終わらない有様だ。本を読まなくなったのではない。読む分量はむしろふえていると思う。しかしどうも、純粋に読書を楽しむよりも、研究者という仕事のために読むことが多くなり、それはしばしば拾い読みの作業ともなって、雑記帳に書きとめるにはいたらないのである。書評を書くために読む、などということもある。読書人としては堕落だと思う。

しかし、良い方に向かってきたこともある。大学でアメリカ文学を教えるようになってからは、アメリカ文学の作品を読むと、その筋や人物関係などを、いささかくわしく、ルース・リーフに書きとめるようになった。そしてそれを作家別や時代順に束ねておくのだ。これはかなりの分量になっている。別に研究ノートなどといったものではなく、いぜんとして雑記帳にすぎないようなものだが、塵も積もれば何とやらで、束ねたノートの上に手をおくと、心が安まる。書き加えた素朴な感想もなつかしい。いま(一九九八年)私は大学での授業をもとにした『アメリカ文学史講義』(南雲堂、全三巻)なるものを刊行中だが、その講義は、このノートを横目で眺めながら語った部分が多い。

読書の醍醐味は、結局、駒子の読み方にあるような気が私にはする。こむずかしい理屈や批評は二の次、三の次。いちばん心ひかれることを、私は大切にしたい。大切にしたい気持が高じると、それを書きとめておくことにもなる。書きとめておくことは、それを自分の心のものにすることにつながるのではないか。駒子は、自分では気づかぬうちにそれをしていた。だから、「徒労だね」といわれても、「そうですわ」と、「こともなく明るく」答えることができた。彼女の心は豊かで、そこから、姿態のなまめかしさを越える彼女の魅力が生まれ、私も感動を誘われる結果になったのであろう。

ちょっと一息　集中講義で

よその大学から集中講義を頼まれることがある。私はなるべくお引き受けすることにしている。一学期分の授業を数日間でやってしまうのだから、激しい労働だし、その数日間をあけるためには、前後のやりくりがたいへんだ。それにもかかわらずお引き受けするのは、それなりの報いがあるからである。

まず先さまのお手当てで旅行できて、仕事関係の電話などからは解放される。新しい学生に接して、自分の考え方や教え方への反省の材料が得られる。しかも地方の学生は、感謝の言葉まで献げてくれることが多い。それから、よその土地の先生と話し合うことが楽しい。巨大都市の東京では、大学教授でも文化に対する責任感など抱きにくいが、地方の先生は土地の文化を担うことが期待され、また担っておられる。そこから生じる一種の精神的緊張が、快く昂揚した会話を生む。土地の料理や酒がともなえばますますだ。

そんなわけで、集中講義は私にとって、「ちょっと一息」に近い。だがそれは、肉体的にはたいそう疲れる。本当の「ちょっと一息」は、その先にある。集中講義にあわせて、私はたいてい温泉を楽しむ。

山口大学で教えた時には歓喜した。山陽の名湯、湯田温泉に宿を得て、いわば毎日が「ちょっと一息」。信州大学も、美が原温泉に宿をあてがわれて通ったことがある。大学内に教職員宿舎ができてから、それは不可能になったが、友人たちと松本市内の浅間温泉に宿をとって出勤したこともある。最近は愛媛大学で教えた時、私は大学と夏目漱石ゆかりの道後温泉本館とに同じ位の回数通った。

集中講義が終わった後の温泉となると、「大いに一息」だ。山形大学で教えた後は、先方の先生の紹介で古色深い銀山温泉に遊んだ。熊本大学では、大学院時代の後輩が天草の温泉めぐりを案内してくれた。信州大学では、何度目の時だっただろうか、昔の教え子が志賀高原の奥の七味温泉につれていってくれ、私をそこのファンにしてしまった。ひんぴんと出講させていただいた富山大学となると、温泉の思い出も指折りたどっていかねばならぬほどだ。それにしても、よくもあんなに先生方がつきあって下さったものだ。

けっして高価な宿に泊まるのではない。むしろ逆で、ひなびた場所の簡素な宿がよい。そしてたとえば、深夜ひとりこっそりと湯につかりながらもの思いにふける——こんな至福があるものか。それはもう「人生の一息」といった感じがする。

温泉めぐり

この(一九九五年)十月、富山市で催された日本英学史学会で講演をした翌日、富山大学教授の友人から「温泉のハシゴ」ドライブに誘われた。私の温泉好きを知るこの友人は、これまでもじつに多くの温泉へつれていってくれた。

紅葉にはわずかに早い秋の日ざしのもと、庄川べりをさかのぼり、上平村まで行き、たぶんは村おこしでつくられた村営の温泉に入る。村人だけでなく、観光客によってもにぎわっている。それから川ぞいに下り、五箇山の和紙工芸場や井波の木彫りの里なども見ながら、最後は山田村の健康センターの温泉につかった。露天風呂はもとより、泡風呂やら圧注風呂やら、いろいろな設備がある。

その後、私は母校である岐阜県中津川市の高校の創立九十周年記念祭で、講演をした。夜は四十四年前の同級生の会があったが、会場はやはりあらたに出来たリゾート式の温泉だった。ここは水着で入るウォータースライド付きの温水プールまであり、一日中遊べそうだった。温泉も変わったものだなあとつくづく思う。昔の温泉めぐりを思い出す。

つい最近、私はゼミの女子大生をつれて、伊豆の修善寺見物に行った。もちろん有名な温泉町でもある。私は彼女たちに、私の卒業旅行の話をした。いまの大学生のような外国旅行など思いもよらぬ。数人の友人との、西伊豆の徒歩旅行だった。へとへとの体で修善寺に着いて、温泉に入ろうということになった。友人たちは財布に合った小さな宿に湯を乞おうとしたが、私は一か八か、豪華な宿の門をたたいてみることを提案した。菊屋というその宿は、学生と見ると快くただで入らせてくれた。なんともいえず気持よかった。昔、夏目漱石愛用の旅館だったことは、あとから知った。

山の中のひなびた温泉宿も、私は好きだ。ひとり旅では、私はそういう宿をさがす。一種の孤独感がうれしい。いつか読んだわが愛するアメリカ女優シャーリー・マクレーンの自伝の中で、彼女がアンデス山中の露天の鉱泉に、暗夜、ひとりでつかり、宇宙と自分との一体感をつかむ思いを語る個所があった。とてもそこまではいかぬが、さびしい宿の薄暗がりの湯にひたっているうちに、心が解き放たれる思いをすることはよくある。

話は変わるが、アメリカにも温泉はある。教え子の女性がつれていってくれたグレン・アイヴィ(つたの谷)という温泉は、ロサンゼルスから車で一時半ほど走った荒野の中に、まわりを塀で囲っただけの所で、幾種類ものプールからなり、客は水着で入り、樹陰でデッキチェアにねそべって本など読む、という仕組みだった。昔はニューヨーク州のサラトガなど、立派なホテルの並ぶ温泉地もあったが、いまはこういう海水浴場の温泉版のようなのが一般的らしい。

日本の温泉も、どうやらアメリカ化してきているようだ。それは温泉の大衆化でもある。温泉そのものの効用など、ほとんどだれも気にしない。一流の温泉旅館でも、さまざまな遊戯場を設け、集団での娯楽を提供することに心をくだいている。村おこし的な温泉となると、新しいプレイグランドだ。

それはそれで、私は楽しんでいる。しかし新しい温泉にも、もっといろんな種類のものがあってよいのではないか。明るくにぎやかな温泉ばかりでなく、ひなの人情を感じさせ、俗塵《ぞくじん》を洗う思いを抱かせる、静かな落ち着きをもった温泉もほしい。日本の温泉は、それでもって、世界にもユニークな文化となってきたのではなかろうか。

浴衣がけの学問の府　退官の辞

駒場（東京大学教養学部）の英語科では、毎年、入試採点が終わると、その年の打ち上げの懇親会を行なうことになっている。私は駒場に就職してちょうど三十年になるが、その前半の十数年間、懇親会はたいてい東京周辺の温泉に一泊する小旅行を兼ねて行なわれた。それが私にはたいそう楽しかった。

夕食は浴衣がけの宴会になる。まず主任教授による一年間の総括がある。すでに退官された先生方も参加して、新しい職場や仕事の話をされる。あらたに退官される先生について、その教え子だかライバルだかの先生が、送る言葉を述べる。もちろん退官する先生の挨拶もある。そういうのがすべてざっくばらんな気分でなされるので、研究室や教室ではうかがえない、先生方の人間味を知ることができる。酔いがまわってくれば、さすがに駒場の先生らしく知的な雰囲気は保っているものの、いわば人間天国となる。

ところが、いつしかこの小旅行がすたれ、懇親会は都心のレストランなどですますことが多くなった。すべての行事は温泉宿でするのと同じように進んでも、背広ネクタイのままでは、なかなか人の中身まではうかがいえない。そして時間がくると、そそくさと散会してしまう。

こうなった理由はいろいろあると思う。幹事の苦労、浴衣がけの宴会のもつ「日本的」つき合いのわずらわしさ、それに何よりも、先生方が忙しくなりすぎたこと。大学には会議がむやみとあるし、原稿執筆や社会的な活動などに追われている人も多い。

しかし、浴衣がけで語り合える旅の功徳には、そういう弊害を乗り越えるものがある。駒場生活をふり返ってみても、私には師友や教え子たちとの楽しい旅の思い出がいっぱいだ。

若い頃は恩師の島田謹二先生について、比較文学研究に関係する土地を訪れながら、宿ではねそべって、学問のあり方を論じた。中屋健一先生とともに、アメリカ科の学生をつれて、野性味ある旅もした。やがて私は、毎年、夏と冬の二回、自分の授業の学生たちと「アメリカ文学合宿」なるものをするようになった。いろんな文学作品をとりあげて、まさに浴衣がけ的雰囲気で、一晩語りあかすのだ。この合宿のため、大学生協の紹介する東京周辺の民宿は、ほとんど経めぐってしまった。

こんなこともある。近ごろ、ある学会に出た後、駒場の若い同僚のS君らと近くの温泉に泊まった。カラオケがはじまり、私はうたえないのだが、S君はアメリカの歌をうたいまくった。それが、完全に自由かつ自然で、歌に乗っている。私などの世代の者と違い、S君はアメリカの中に入り込んで、歌の内容を生きているような感じさえした。ああ、同じアメリカ研究といっても、

S君と私とではもう違う道を行っているんだな、と私はひそかに思った。こんな「認識の衝撃」も、浴衣がけの気楽さがあって、はじめて得られたものだろう。

浴衣づき合いを嫌う人の潔癖さは、私も尊重する。西洋文学・文化の研究に打ち込む人に、「日本的」なだらしない対人関係を斥ける気分があるのは、よく分かる。

しかし、忙しいからという理由だけで懇親会を短縮することには、淋しさを感じる。どう見ても途方もなく忙しいはずな人ほど、学問的な業績をきっちり積んでいくことが多い、というのは私の東大における三十年間の観察の成果の一つだ。同様にして、本当に忙しい人ほど、じっくり人とまじわることに心を使う傾きが強い、という観察の成果も私は得ている。そしてそういうまじわりがあって、文学・文化の研究は奥行きを増す、と私は勝手に思っている。

私は今年(一九九三年)三月の懇親会を計画している幹事さんに、ぜひとも一泊旅行を復活していただきたいと懇請申し上げた。もし実現すると、私が幹事をした時に行なって以来の、六年ぶりの浴衣がけ懇親会になる。

本当のところ、駒場の同僚のように知情ともにすぐれた人たち大勢とおつき合いできる職場は、今後、どこにもないだろう。それでこうして、いささか強引な理屈までこねて、浴衣がけの集いへの熱い思いをあらわす次第だ。しかしもっといえば、浴衣がけの学問の府こそ、私の求め続けているものなのである。

ひそかにラディカル？　新任教員の弁

十二、三年前の秋、アメリカ旅行の途中、プリンストン大学を訪れた。アメリカ研究の先達であるS教授が、ここで研究に従事されており、一夕、招いて下さったのである。

高等研究所をあちこち案内して下さりながら、教授は不意に、こんな問いかけをなされた――「亀井さんは、新渡戸稲造よりも内村鑑三の方が好きらしいですね。どうしてかしら。」私はそんなふうに意識したことはなかったけれども、内村にはたしかに強くひかれている。当時、『内村鑑三全集』の編集にも参加していた。「私は新渡戸の方をかいます」と、S教授はいわれる。

私たちはしばらく、新渡戸と内村の比較談義にふけった。温厚で包容力の大きい新渡戸先生の内村にまさる点を、私も十分に認めていた。新渡戸の尽力で東京大学に「米国講座」が生まれ、S教授にいたるまでの日本におけるアメリカ研究の学統が形成されてきたことの意義も、私は高く評価している。

「けど、内村は狷介で矯激なところがありましたが、自分に忠実で断乎たるあの態度は、人をしびれさせますね。新渡戸さんには、ぼくもちっぽけなぼくなりに通じるものを感じるんですが、内村には、自分にないものを見出してひかれているのかもしれません」というのが私の返事の結論だった。

話はとぶけれども昨年（一九九二年）の暮、内村の敬愛していたウオルト・ホイットマンについて研究報告をした時、ある質問に答えて、私は野性横溢したこのアメリカ詩人に自分と対蹠的なものを感じてひかれているようです、と述べた。ところが最近、その速記録を読んだ昔の教え子が異論を出してきた。ホイットマンに通じるものを本来もっているから、先生は彼を愛しているんじゃないかしら、というのだ。私がS教授との内村をめぐる対話の思い出を語ると、その点でも先生は誤っている、先生は内村に通じるラディカルな面をもっています、と彼女は述べた。

私には結局よく分からない。しかしひたすら人との協調を愛するはずの自分が、時たま、自分でも大胆に思える言動をすることは多くなってきているようだ。ラディカルかしら？ となると、新渡戸稲造ゆかりのこの大学（東京女子大学）に勤めることになった私のこのラディカルさを、許してくれる新渡戸さん的な寛容の人の一人でも多いことを、切望するばかりである。

学問の長寿

最近、島田謹二著『ルイ・カザミヤンの英国研究』(白水社)、同じく『ロシヤ革命前夜の秋山眞之』上下(朝日新聞社)、富士川英郎著『菅茶山』上下(福武書店)といった大著が、相ついで出版された。どれもまことに讃嘆すべき本だが、いまその内容を語るのが拙文の目的ではない。

島田先生は一九〇一年生まれと奥付にあるから、今年(一九九〇年)八十九歳、東大を停年でやめられてから三十年近くなられる勘定だ。富士川先生は一九〇九年生まれで、今年八十歳、東大ご停年後二十年たたれたことになる。両先生とも、東大在職中から多数のすぐれた著作をものされ、第一級の学者であられた。しかし英語の島田教授が秋山眞之について、ドイツ語の富士川教授が菅茶山について、このように巨大なお仕事をなされようとは、はた目には想像が及ばなかった。両先生とも、東大退官後に、そのお仕事の規模も、表現の自由さや高雅さも、目を見張るばかりに増してこられた。

こういう学者は、もちろんほかの分野にも多くなってきているだろう。そしてそういう方々がもと東大教授であられたとすれば、それは東大にとって名誉である。しかし考えてみると、この先生がたにとって、東大教授というのは学者としての一つの過程にすぎなかったのではないだろうか。その先があまりにも大きい。

人生五十年とされていた頃は、東大教授は功成り名遂げた地位たりえたかもしれない。それが虚名でも、世間は信じた。いまでも、一部に信じている人がいるらしい。だから何かことがあると、東大教授のゆえに世間は騒ぐ。いや、じつのところ、東大の中にもそういう東大教授の価値を信じている人が多いような気がする。なにかお偉そうだが、よく見るともう先は下りばかりといった、虚名にしがみつく悲しい顔の人びと。

しかし、日本がいまや世界有数の長寿国になったことと合わせて、学者のイメージも、生き方も、長期的なものに転換することが必要ではないか。先の両先生のお仕事を見ていると、何よりもまず若々しい好奇心と、持続し発展する精神活動とを、学び取りたい気持に駆られる。

大衆文化の研究　かぶりつきとバルコニー

いきなり自分の本のことから書きはじめておこがましい限りだが、最近(一九九二年)、『サーカスが来た！　アメリカ大衆文化覚書』という拙著が、岩波同時代ライブラリーというものに入って生き返ることができた。元版は一九七六年に東京大学出版会から出ている。その「あとがき」でいうように、この本は一九七三年二月から九月までの八か月間、日本学術振興会のおかげで在米研究できたことによるところが大きい。

さてその渡米の時、私は学術振興会に提出する書類に、アメリカでの研究テーマを「大衆文化」と明記したことを覚えている。私の周囲の何人かがそんなテーマに危惧を抱き、親切心から反対もしてくれた。大衆文化なんてつまらないもの、せいぜいのところ二流の文化であって、真面目な学者の研究には値しない。ジャーナリストや軽評論家にまかせておけばよい。君の名誉にも関係することだよ、というわけだった。

それから二十年近くたった。拙著が出てから十五年ほどだ。いまでは、大衆文化研究はアメリカ研究の一角に座を確保したといってよい。ジャーナリズムでも、それ流の仕事はぞくぞくと現われている。大衆文化はアメリカで最も絢爛と花開き、世界に向けてアメリカを代表する文化となっているというのが、私の一貫した見方だが、そうだとすれば、これを研究しようという気運がたかまってくるのは当然のことなのだ。

しかし、大衆文化研究が盛んになったというのは、ほんの上っ面の外観だけではないかしら、とも思える。大衆文化は、いうまでもなく、「大衆」の「文化」である。この二つの構成要素を総合的に観察、考察しなければならない。それはなかなか難しい仕事なのである。

たとえばの話。場末の劇場などでごく庶民的なショー(アメリカ大衆文化の花の一つ!)を見るとする。その種の劇場では、最前列の「かぶりつき」が最良の席だ。もしその席が空いたら、後列の人は義経の八艘とびよろしく、席をまたぎ人をまたいでそこへ殺到する。そういう情熱と勇気があって、はじめて「大衆」の文化の理解者となれる。「バルコニー」(二階前列の高級席)で品よく構えているような人は、どんなにご立派な議論ができても、大衆文化の精神を体得しているとはいえないと私は思う。だがまた、かぶりつきにかぶりついているだけでも、「文化」の研究者とはなれない。バルコニーにすわる必要はないが、全体をじっくり見まわして考える態度が必要なのだ。

アメリカの映画、演芸、スポーツ、風俗や生活様式などは、それぞれの分野の評論家やジャーナリストによって、おびただしく伝えられている。しかしその多くはかぶりつき的観察の産物であって、高度な精神性から卑俗性までを含む重層的で多様なアメリカ文化の全体的な姿は、なかなか見えてこない。逆に学者の大衆文化論の、なんと尤もらしくて、抽象的で、「生きた」感覚が欠如していることか。

私は大学で、大衆文化論の講義を依頼されてもたいていことわってきた。学生は日常的にアメリカの大衆文化に染まっており、いわばかぶりつき席で楽しんでいる。彼らに必要なのは、アメリカ文化の精神的にすぐれた部分を勉強、理解することなのだ。逆に、大衆文化「でも」ちょっと論じましょう、といった風なお偉い学者には、八艘とびの実行が望まれる。

大衆文化研究は、アメリカ文化のいちばん活気ある相の総合的な理解に迫るものでありたい。そういう研究は二十年あるいは十五年前からどれだけ進んだか。それがいまの私の大きな関心事である。

私の「アメリカ文学史講義」

昨年完成した拙著『アメリカ文学史講義』全三巻（南雲堂、一九九七－二〇〇〇年）について、何かいいたいことがあったら述べよという有難い仰せ。いま時こんな本を出すとは烏滸《おこ》の沙汰だが、極刑判決前の最終陳述さし許すという恩情だろう。

アメリカ文学史がいま非常な困難をかかえていることは、私にもよく分かっています、裁判官さま。アメリカの社会は多様化し、多元文化主義とかいうものがほとんど世論となり、キャノンの見直しが流行の世の中。従来のアメリカ文学史は白人男性を中心にして成り立っているとし、マイノリティ人種や女性の文学をもっと重要視した文学史が書かれるべきだという主張が、広く行なわれてきている。これに付随して、大衆文化とかサブカルチャーの領域に押し込められ、軽蔑されていた文学の再評価も要求されている。さらには、文学研究のグローバリゼーションというのだろうか、たとえばカリブ海や中南米やカナダなどの文学も視野に収めないで、アメリカ文学の展開の真相はつかめないという有力な主張もある。

まことに然り、と十分わきまえながら、私のものしたアメリカ文学史講義は、伝統的なアメリカ文学史の範囲に跼蹐《きょくせき》している。反時代的考察の罪は免れない。理由の大半は、私の知識の限界にある。が、裁判官さま、私には私なりの思い入れもあったのです。

たぶん一九九四年の日本アメリカ文学会全国大会の時であったと思う。ある若手の研究者が「アメリカ文学史について」といったテーマで発表された。いましがた述べたようなアメリカ文学史の内容の多様化と拡大化を説き、従ってこれを一人の学者が扱うことは無理になったとして、当時評判のエモリー・エリオット編『コロンビア版合衆国文学史』(一九八八年)などを例にあげ、これからの文学史はこういう大勢の学者の協同作業にならざるをえないと述べられたように思う。そこまでは私も同感して拝聴していたのですが、裁判官さま、その人がさらに、斎藤勇著『アメリカ文学史』(研究社、初版一九四一年、新版一九七九年)の名をあげ、この種の個人の仕事はもう古いと一蹴された時、私の心に異論が起こってきたのです。

私は斎藤先生が新版を出された時、その校正刷りの閲読に参加させていただいていた。旧版の基本精神は当然ながら新版にも生きており、それがもはや「古い」ことはよく分かる。ピューリタニズムとフロンティア・スピリットでアメリカの国民性を説くことは、いまや攻撃の的でもある。しかし日米開戦前夜の一九四一年に、この二つの要素でアメリカ精神を語る先生の姿勢には、ただならぬものがあったのではないか。私はある種の感動すら覚えていた。

文学を読み、味わい、楽しみ、また研究しようということは、その人の生き方から感情の展開までをひっくるめた、大きな意味での思想の営みだろう。文学史を書くことについても、同じことがいえるはずだ。とすれば、大勢の知識を結集した文学史のほかに、個人の力による文学史があってよい。むしろ後者にこそ、ある時代に生きた人間の思想の営みの証言として価値があるのではないか。

私はついそんな思いに駆られて、じゃあその否定さるべき個人のアメリカ文学史を自分も綴ってみようか、と考え出したのだった。が、私には何の準備もない。そこで思い出したのは、東京大学定年の年（一九九二年度）に教養学部アメリカ科で行なった「アメリカの文学」という講義が、学生の手でテープに収めてもらっていたことで、これを文字に起こしたら二巻の本になりました。だがそれは一九二〇年代までで終わっている。それ以後の分も早く本にせよという要望が出版社からも読者からも出てきて、私は急遽、新しい勤め先の岐阜女子大学大学院英文科における一九九八年度の「米文学演習」の授業の一部を、一九三〇年代以後の文学の展望にあてた。そのテープを院生が文字に起こしてくれてできたのが、第三巻というわけであります。

先ほど、文学史もまた思想の営みと大見栄を切ったが、私には人に説くべき思想などないようだ。ただ思想のもとになる生き方や感情には私なりのものもあるはずで、私はそれを信じることにして、とにかく私の読んだ作品についてのみ、素朴に、かつ率直に語るように努めた。当然、視野はせまく、伝統的なキャノン作品を中心にした内容にならざるをえない。が、それでよいのではないか、という立場を私はとった。アメリカ文学は私たちにとって外国文学である。アメリカ人が新しい視点・視野をとるのは、彼らにとって必要なことだろうが、私たちにはまず主流的《メインストリーム》なところを理解することこそが重要ではないか。その理解があってこそ、新しい動向の真の意味合いも分かってくるような気がする。

知的先端を行く恰好をつけるよりも、私はとつとつたる講義の語り口調をそのまま再現することに意を用いた。いかめしく学問的な武装をするよりも、いわば裸の自分をさらしながら、作家や作品に自分の心が反応するところを語るのだ。そうすると、しゃべり言葉がもつ自由さが、しばしば伝統的な文学史の枠を破り、いま流行の「見直し」論などよりもさらに自由な発想をさせることがあるようにも私には思えた。

私が語りたかったのは、アメリカによる占領下の少年時代からこの外国文学に感じてきた、深浅さまざまな wonder の気持の展開である。講義だから、当然、時間の制約がある。言及したくてできなかった事柄も多い。だが逆に、語るにつれて wonder の気持がたかまり、のめり込んで語り続けた作家や作品も少なくない。そのアンバランスを批判されれば、グウの音も出ない。だがまさにその点に、戦後五十余年を生きてきた一日本人アメリカ文学読者の、心の動きが出ているかもしれない。

アメリカの新しい動向を追いかけることも、学者の使命だろう。しかしそれがただ「知」の作業だけだったら、何とも淋しい。私はそれに合わせて、「情」を重んじたい。知も情も、人間の生に由来する。私はその「生」という、いま時だれも恥ずかしくて口にせぬものを土台にして、若い人たちにアメリカ文学の wonder を訴えたかった。まさに烏滸《おこ》の心の営みですが、裁判官さま、豊かな心の読者なら、これも一個の人間の証言としてやさしく受け止めていただけるのではないでしょうか。

猿猴も一声　文学研究の初心

毎年四月の第一日曜日に、東京上野の精養軒で「島田謹二先生を偲ぶ会」が催され、九回目の今年(二〇〇一年)も四十人ほどが集まって思い出話にふけった。その席で、東大の比較文学比較文化研究室から発行されたばかりの、『比較文学比較文化』と題するパンフレットをいただいた。本来は学生に研究室を紹介する意図のものらしい。A4判で表紙を含めて二十四ページ。多色刷りで立派な装いだ。最近は東大でも、よい学生を集めるにはこの種の宣伝が必要なのだろう。

さてこのパンフレット、研究室の草創期からの歴史をたどる記述もあって、私のように昔ここのお世話になった者は、なつかしい気分に誘われる。だが現在の状況の記述になると、よく分からぬ部分もある。比較文学比較文化のコースといっても、いまは二つの大講座に分かれているそうだ。一つは従来通りの「比較文学比較文化」だが、もう一つは「文化コンプレクシティ」といって、「多元的・重層的な文化構造体」を追求する学問らしい。感嘆して、うーんとうなってしまう。

パンフレットの最後の方にくると、一九九五年以降の修士論文題目一覧がのっている。毎年十数篇の論文提出があるようで、壮観だ。が、うーんとうなる度合いはますます大きくなる。私などはかすかに知るだけの（時にはまったく知らぬ）人名や作品名が、しばしば秘教的《エソテリック》な用語で結ばれている。微に入り細に入る形に専門化したテーマも多い。もちろん一つ一つは意味のある研究なのだろうが、全体として見ると、「知」が万華鏡のようにきらめいていて、万華鏡のように実体がとらえにくい。私などが修士論文を書いた頃は、なんと牧歌的だったことか。

たぶん、私は木曾谷の入口の田舎町から出てきたせいもあって、猿猴のように単純だったのだろう。学問へのおさない覇気はあったように思うが、田舎者らしく、「知」よりもむしろ「情」本位だった。比較文学比較文化研究を、みんなと一緒に「若く美しい学問」などと呼んでいたのも、既成の一国中心の文学文化研究が瑣末主義に陥り、自分の魂や感情、あるいは「生」を研究に生かす方途を見失っているように思えたことへの、素朴な反抗心がもとにあったのではないか。その稚気を、しかし、私はいまなつかしみ、確認し直したいと思う。

東大大学院の比較文学比較文化コースは、一九五三年、島田謹二先生を主任教授として発足した。私は一九五五年に文学部英文科を卒業し、この大学院に入った。第三回生ということになる。なぜ英文科大学院に進まなくて比較文学比較文化を目指したのかと、よく人に聞かれる。たぶんこの猿猴書生は、まわりの人たちの専門化した知的な話しぶりになじめなかったのではないか。それに、英文学を勉強していたら日本文学も勉強したくなった。どうしたもんかと迷っているうち、教養学部時代に聞いた島田先生の講演を思い出した。英文学の古典から日本の近代文学までがいろいろ出てきて、たいそう情的に展開していたような記憶だ。とうとう先生の研究室まで行って、ご相談申し上げた。

私は当時、すでに比較文学比較文化の大学院に入っていた人から、バルダンスペルジェという比較文学者の名前をよく聞いていた。私にはちんぷんかんぷんの人だ。それで島田先生に、受験のためにはそういう人のものも読んでおかなければいけませんか、とおうかがいした。先生は破顔一笑。学者のことなんか考えなくてよろしい、いいと思う作品をきっちり読んできなさい、というお話だった。

どうやら大学院に入れていただいて、もうひとつはっきり覚えているのは、研究テーマを決めるための相談にうかがった時のことだ。私は卒業論文が「晩年のD・H・ロレンス」という題で、おもに彼の詩を取り扱っていた。しかしこんどは「比較」のテーマにしなきゃいけない。それで、ロレンスと伊藤整、といったようなことをやりたいですと申し上げた。私がロレンスに関心をもったそもそものきっかけに、当時世間を騒がせた伊藤整訳『チャタレイ夫人の恋人』をめぐる「わいせつ裁判」があったりして、伊藤整の名前は自然に出てきた。両者の間の性意識やモダニズム手法の関係を調べるのは、「比較文学」的で、いいんじゃないですかといいたい気持だった。

だが先生は、黙って私の顔を見ておられる。ほんの短い時間だったろうが、私にはすごく長く感じられた。それから先生は、私の卒論について話しなさいといわれる。しどろもどろで話しているうちに、晩年のロレンスは、思想的にも表現のあり方についてもホイットマンに挑戦していたけれども、どうも相手のホイットマンから圧倒的な影響を蒙っていたように思えますとか、二人に共通する原始主義にぼくはひかれているみたいですとかと、卒論からはみ出たことにまで口をすべらせていった。

一瞬、先生の声が大きくなった。君、ホイットマンがいいじゃないか、といわれる。私はあわてて、でもホイットマンはなんだか正体不明で、大物すぎるみたいで、と逃げを打ちにかかったのだが、先生は、原始主義というのはたぶんホイットマンの本質でしょう、そういう本質にひかれるところがあってこそ、本当の文学研究はできるんですよと続けられる。先生は途中で、君、大物をやりなさい、と力を込めていわれた。「比較」なんてことにこだわらなくていい。大物に取り組んでいれば、自然に「比較」になってくるんだよ。ホイットマンを研究していれば、ロレンスも伊藤整も取り込んでいくことになるはずだ。枝葉の展開もおもしろいものだが、その意味を知るにはまず幹を見よだよ。

島田先生が学生の研究テーマの決定に、いつもこういう一種強引な指導力を発揮されていたかどうか、私は知らない。だがひとつはっきりいえると思うのは、先生が見事なアジテイターだったことだ。いまから思えば幸せなことに、私はそのアジテイションに乗って、何度かの面接相談の後、研究テーマを「ウォルト・ホイットマンの比較文学的研究」と決めた。このぼうようたるテーマのおかげで、好きなことが自由にできる気分になった。

ここまでまた思い出すのだが、先生は折あるごとに、英米文学については英文科大学院の出身者に決して遅れをとるな、といわれていた。これはもちろん、比較文学比較文化研究室の評価を高める手段であったわけだが、研究のあり方についての教訓でもあっただろう。私のテーマに即していえば、ホイットマン自体をよく知らなくて、その比較文学的研究などありえない、というわけだ。比較文学的研究を進めることが、ホイットマン自体の理解を深めることにも当然ならなければならないが、そうなるためにも、ホイットマンそのものの研究で英米文学の専門家に負けるな、というのがこれまた先生一流のアジテイションであったと思う。

こういう教えを綜合すると、結局は、作品をよく読めということであっただろう。文学研究のすべては作品から出発する。文化研究についても同じことだろう。文化現象も一つの作品のごとくに読み抜く姿勢が、もとになるのではないか。そしてその上で、「比較」の視野によって、理解の拡大や深化がなされる。こういう、分かってしまえばごく当たり前のことが心魂に徹するまでに、私のような単純人間は、田舎から都会に出てきて身につけてしまった学問的な鎧かぶとを捨てることを、教わらなければならなかったのだ。

比較文学比較文化研究室で学んで、私の得た最大のものはといえば、自分本位に自由にものを読み、考え、表現することの楽しみを、少しずつだが、修得していったことだと思う。「知」に走れず、「情」にもたつきながら、「大物」にくらいつき、私はありのままの自分を文章にあらわす方向を探っていたのではなかろうか。いよいよ修士論文審査の面接試験の時、島田先生曰く、君は田舎者だね、まあ頑張りたまえ。そのひとことだった。

それにしても、本来は審美主義的で、じつは知的秀才好きでもあり、ホイットマン派というよりもエドガー・アラン・ポー派であった島田先生が、よくぞ私に原始主義、素朴主義を焚き付けて下さったものだ。いま私がこんな思い出にふけっているのも、この種のプリミティヴな思考、あるいは生き方が、私の土台になっていると思うからである。

いつの頃からか、私は自分を田舎者の極、木曾の猿猴書生と、エッセイなどで名乗るようになった。快かった。だがそのうちに昔の教え子が、先生、ちょっとやりすぎじゃないですか、とたしなめてくれた。それで止めたのだが、若い俊秀たちの修士論文題目一覧を眺めているうちに、猿猴の一匹や二匹、この中にまぎれこんでもいいんじゃないか、いやまぎれこんでいてくれれば嬉しいと、呼びかけの猿声ひとつあげてみる気になった次第だ。

Ⅲ　星空を仰ぐ

土居光知先生　古武士の面影

土居光知先生から私が直接お教えをうけられるようになったのは、まだほんの昨日のことのようにも思われる。『近代文学におけるホイットマンの運命』(一九七〇年)という本で、私ははからずも日本学士院賞をうけた。先生はそのとき、審査員のお一人であられたと思われる。受賞発表後のある日、懇切なご批評をたまわった。そして受賞式の当日は、早くから式場にお出でになり、斎藤勇先生とともに、見上げるような大家たちの中でうろうろしている私の、心強い保護者になって下さった。

その後、正式の名称はないのだがなんとなく「土居先生の会」と呼んだ集まりが発足した時、私も末席に加えていただくことができた。メンバーはほんの数人で、だいたい月一回、土居先生をかこんで各自の研究や関心事を語ろうという集まりである。どなたの話も私には興味深く、有益だった。だがいちばん熱心に、積極的にお話下さったのは、土居先生ご本人だった。ほとんどいつも、原稿用紙に何十枚かの材料を準備してこられ、それを話しては、意見を求められた。「雪白姫考」「楽園のものがたり」から、「ラーフ・ホジソンの詩」「ワーズワスへの誘い」まで、間もなくいろいろな雑誌の誌面を飾るご論考のもとを、私たちは生まの形でうかがうことができた。

土居先生のお話は、いつも、問題に正面から取り組み、先生の思考をひとことずつ、ゆっくり堂々と語られるものであった。横手や裏からつついて、したりげな言辞を弄するということが、露ほどもなかった。先生は肉体的にも骨格のたくましいかたと拝見したが、精神的にもそうであられたに違いない。私はいつも古武士の面影と魂を先生に見、感じていた。

土居先生の学問上の巨大な業績を私などがあれこれいえるはずはないが、『土居光知著作集』(一九七七年)の月報に私も文章を寄せさせていただくことになった時、私としては、私の理解する先生の世界を私なりに精一杯論じるのが、はるか後からとはいえ同じ道を歩もうと努力している者の義務だと信じた。そして書いたのが、「豊饒な生への志向」と題する一文である。学問が身すぎ世すぎの手段とだけに化するか、またはそれ自体を目的とする自己閉塞的なものとなりつつある時、土居先生の学問はつねに大きく豊かな生への志向につらぬかれていたように思える。古代文化を探求されても、近代英文学を論じられても、その点にはいささかのゆるぎもない。私はそこのところを論じ、論じることによって学び取りたいと思った。

一昨年の五月、「土居光知先生著作集出版祝賀会」の時、たぶん若い者を育てることに熱心であられた先生の心を司会者が察せられたのであろうか、いちばん若輩の私もひとこと述べるようにといわれた。私は先生からお教えをうけることのできる者の感激とともに、後から歩む者の決心のようなものを申し上げたように思う。その日が、先生にお目にかかり、謦咳に接し、また黄口の言をきいていただくことのできる最後の機会になろうとは、夢にも思わなかった。吁嗟。

☆**土居光知**（一八八六―一九七九年）高知県生まれ。一九一〇年（明治四十三年）、東京帝国大学英文科卒。東京高等師範学校教授を経て、東北帝国大学教授（一九二四―四八年）、津田塾大学教授を歴任。主著一冊をあげよといわれれば、やはり『文学序説』（一九二二年）か。

土居光知　豊饒な生への志向

土居光知教授の『文学序説』が出たのは一九二二年（大正十一年）だから、教授が三十六歳の時である。この本にもられた学識の豊かさを考えると、まったく信じられないくらいの若さである。

しかしいま読み返してみて、その筆致のみずみずしさに驚かされる。なるほど、これは若き教授が若々しい情熱をそそがれた本だという気がしてくる。

『文学序説』というと、すぐに人が注目するのは、文学様式の展開理論である。まことに興味津々たる論考であることは、いうまでもない。だが、これを図式的に固定して受け止めると、その真価を見逃すおそれがあるのではなかろうか。私が気をひかれるのは、日本文学の展開に、西洋諸国文学のそれと共通する法則を見出し、「人間の心の成長のリズム」を把えようとしている教授の気迫である。教授はもちろん、各国文学の特質を十分に考慮される。しかし、それらの特質の比較研究によって、「人間生活の自叙伝」としての文学展開の基礎的な法則に迫ろうとしている。そこには、日本における伝統的な国文学研究の視点に束縛されない、開放されたイマジネーションが働いている。学識とイマジネーションが見事に合致した実例が、この名著だと私は思う。

『文学序説』以後、土居教授の学識のひろまりは、私などの述べたてうることではない。強調したいのは、教授のイマジネーションのたかまりである。半世紀の間に、文章はどちらかといえば細部のいろどりよりも、中心的な骨格のたくましさで、読者をひっぱるものになってきた。しかもなおかつ、常にヴィジュアルである。学識にうらづけられたイマジネーションが、ますます強く生きているのだ。そして英文学、国文学、比較文学、それから神話や伝説などの研究の世界で、先人未踏の領域をつぎつぎと切り開いてきた。この偉大な学問世界の有難さは、読者がその中から自分の好む所を選びとれることである。あらゆる分野で、新鮮でしかも知的な刺戟がみちているのだ。

それにもかかわらず（というより、私は私の見たい所を見ているだけなのであろうが）、土居教授の学識とイマジネーションの拡大・高潮には、あざやかに際立つ一つの方向があると思う。それは「豊饒な生への志向」とでも名づけたいものだ。

『文学序説』は、教授自身がいわれるように、様式展開理論に加え、日本文学の起源を原始的な祭儀に見るべきこと、日本詩歌の形式の基礎に「気力」の法則を見るべきことなどを、比較文学的な視野で説いているが、これらの主張にも、「生」のリズムに対する教授のなみなみならぬ関心がうかがえる。この関心は、英文学では、ブレイク、シェリー、ロレンス、ホジソンなどに対する教授の研究につながっているであろう。気力の法則、あるいは時間的な音歩の探究は、『言葉と音律』（一九七〇年）の精密な考察へと展開した。しかも、私が最も目を見張らされるのは、これらの研究が、そのまま、原始劇にもあらわれたような人間の根元的な生への関心と合体し、現在に生きた形で、古代研究へと遡源していったことである。たとえば、教授のホジソン論（『英語文学世界』一九七一年九月号所載「ラーフ・ホヂソンの詩」）では、ホジソンの詩におけるエデンの園の大いさと意味とが力説されており、『言葉と音律』は、単なる詩学の書である以上に、「民族の意識の中にひそむ原型の顕現」としての詩的リズムの解明の試みとなっている。土居教授の古代学は、こういう研究とつながりをもちながら、教授の豊饒な生への志向を壮大な規模で展開したものではなかろうか。

『古代伝説と文学』(一九六〇年)のはしがきで、教授は太平洋戦争がはじまってから十年間の研究を顧みて、こう述べられている――「その頃私はアジアの古代文明に興味をもち空想的に伝説をたずね、メソポタミアの地から東方にすすみ、ペルシアからパミール高原の北方の渓流に沿ってタリム河畔にいで、黄河を下り、中国、朝鮮を通って、日本の九州や出雲に帰り、メソポタミアの葦原を開拓して麦を主とする農業を始めたと同じように、西日本で川沿いの葦原を稲田とし、神話や伝説を生ぜしめ、詩歌を生ぜしめるのを見た。あちこちと迷いながら私がたどった道は長く、たどたどしかったが、初めての道であって、興味深くつづけることができた」と。教授は、記紀歌謡や『万葉集』を自家薬籠中の物にされているのはもちろん、東西両洋の文学、それに考古学、歴史学、民俗学、美術等の諸文献を自由自在に用い、「空想的」に現地をたずね、その生の姿を「見た」のである。教授のこの方法は、『神話・伝説の研究』(一九七三年)では、さらに重層的になっている。そしてたとえば、シンデレラ、雪白姫、かぐや姫など、童話の材料になっているものを取り上げながらも、そこに「先史農耕時代のオリエント伝説中の豊饒女神」を見ている。教授の「楽園のものがたり」は、一連の研究の一つのまとめであると同時に、古代(新石器時代)の「平和で充実した」生の文化への教授ご自身の志向を濃厚にあらわした、楽しい「ものがたり」でもある。

豊饒な生への土居光知教授のこういう志向の由来は、私などはるか後塵を拝する者にとって、ぜひたずねてみたいことだ。それは、教授が南国は土佐の生まれで、しかも土地開拓者たる郷士の家に育たれたことに関係しているかもしれない。青年時代にロマン派文学にふれ、学者として立たれる頃に大正時代の開放的な理想主義を吸収されたことも関係していよう。だが由来よりも、その志向を生かされた教授の歩みそのものが、さらに私を魅了する。先駆者の道を、教授は堂々と歩いてこられた。教授の諸研究は、後の人に補充され、あるいは修正をうけるところがあるかもしれない。しかし、基本的に人間の生を信頼し、その文学・文化をダイナミックに語る教授の著作は、それ自体が、まことに豊饒な生の表現になっている。

土居光知の学風

土居光知先生と私ごときが話をできるようになったのは、先生の晩年であった。先生をかこんで、工藤好美、大橋健三郎、外山滋比古といったキラ星のような方々が、文学研究の懇話会を始められた時、私も加えていただいたのである。一九七〇年十月四日、第一回、と私のメモにある。先生八十四歳。私は三十八歳で、完全に孫の年齢だ。こんな若輩も、先生のお声がかりで、参加できることになったのだった。

このメンバーの構成が、いまから思うと、先生の学風を反映していたような気がする。それぞれ幅広い仕事をされている方たちだが、強いていえば工藤氏はイギリス文学、大橋氏はアメリカ文学、外山氏は言語学を一番の専門とされている。私はたぶん、未熟者だが比較文学ということで目をとめていただいたのだと思う(先生が津田塾大学教授を退かれた後、やはりそのお声がかりで、私は津田塾大学の比較文学の授業を受け持たせていただくことになった)。

土居光知はもちろん英文学界に聳え立つ巨峰だが、これらの学問分野のすべてに積極的な関心を抱き、すぐれた業績をあらわしておられた。事情がゆるせば、さらに国文学者や文化人類学者なども加えられたかもしれない。

最初は先生のご自宅、それから東京神田の学士会館、後には成城の喫茶店などで、二、三カ月ごとに開かれた研究会は、メンバーが順に自分のテーマについて発表し、それを皆で語り合う手筈だった。が、次第に、土居先生がご自身の研究を話されることが圧倒的に多くなった。そして私などの質問や意見でも、先生は正面から受け止めて下さる。至福の時間だった。私のメモでは、一九七二年十一月の会合が最後になっている。さすが頑健なお体の先生も、外出が困難になられたのだろう。著作の発表は、その後も衰えを見せなかった。そして一九七九年十一月、満九十三歳で先生は永眠されたのだった。

晩年の土居光知の学者としてのヴァイタリティと、その学問世界のひろがりに私は圧倒され続けていたが、若い頃からの先生の業績の発展を見れば、その思いはさらに強まる。誰もが知る『文学序説』は、一九二二年、つまり先生がまだ三十六歳の時の出版である。これは日本文学の展開を世界文学に連関させて考察した力篇だ。その前後には、日本における英文学研究に一時期を画した研究社英文学叢書の、編注の仕事がいくつかある。またペイターに始まって、アーノルド、ブラウニングなど、ヴィクトリア朝文学者に親しみ、さかのぼればチョーサーやシェイクスピアからロマン派詩人たちを経、くだればT・S・エリオット、ホジソンなどについての論考もぞくぞくと出された。なかでも私がひかれるのは、ブレイクからロレンスにいたる、いわば生命主義者たちの研究だ。そうかと思うと、先生の最初の本となった平安朝女流日記の翻訳から始まって、古事記、万葉集、源氏物語、平家物語など、日本文学の古典にも打ち込まれた。先の研究会の頃には、夏目漱石になみなみならぬ関心を示してもおられた。文学の研究は、また、日本語や英語の特性の考究へと進み、とくに音声の面からの分析を深めてもいた。比較文学、世界文学に関係する論考も多い。

土居光知の学問世界のほんの片隅に首を突っこんでいるだけの私は、先生の著作のよい読者であったとはとてもいえない。しかし私の読んだ限りでいっても、それは日本の英文学者には稀な、知的刺戟を与え続けるものだったように思う。まず、せまい「専門」に跼蹐しない発想の自由さが際立っている。それから、こけおどしの専門用語《ジャーゴン》をふりまくことがまったくなく、まっとうな言葉で論をくりひろげる。それでいて、よくあるジャーナリスト的な学者とはぜんぜん違う。視野の拡大と同時に、先生には何か根源的なものに全精神を集中していく探求者の姿勢が濃厚にあり、それがはるか末輩の私のような読者にも、知的に迫るものを生み出していたのであろう。ではその探究の方向は何か。

先生の死の二年前、『土居光知著作集』(全五巻)が出、その月報に私も一文を寄せるようにといわれた時、私としては精一杯、まさにその点を考えたいと思った。そして書いた拙文に、私は「豊饒な生への志向」という題をつけた。多方面な先生の仕事が、ここに集中するように思えたのだ。ブレイクやロレンスの考察はいうまでもない。古代伝説を比較研究しても、英文学の感覚を分析しても、先生の関心の的は人間の生がいかに発揚するかをきわめることにあったような気がする。『文学序説』における文学の発生、類型、展開の研究は、まさに三十六歳の力業《ちからわざ》で、いま見れば強引なところも感じられるが、先生は「生のリズム」の文学的なあらわれ方を懸命に追究し、生の豊饒さを証明しようとされたのであろう。力業には、先生は微妙な修正や、補充によって、熟成した柔軟さを加えていかれた。

それにしても、東京帝国大学を出、英文学者として立った土居光知は、こういう仕事に非常な意気込みをもつと同時に、人知れぬ苦労を味わわれたのではなかろうか。私はそれを漠然と想像するだけだったが、風呂本武敏氏の努力によってまとめられた『土居光知 工藤好美氏宛 書簡集』(一九九七年)は、土居先生の内なる姿をじつによく見せてくれる。私はつい最近、感動と興奮をもってこれを読んだ。

この書簡集は一九二四年、東北帝国大学教授になったばかりの土居光知が、早稲田大学を卒業して間のない工藤好美氏からその著書『ペイタア研究』を贈られ、激励の気持をしたためた礼状から始まる。それ以後、死の年まで、土居先生はちょうど一まわり年下の工藤氏に、まったく対等の姿勢で、助言を与え、意見を求め、自分の人生観までも述べる文章を書き送った。工藤氏もまた感性豊かな方で、しかもどこか一刻な直言家の趣のあることを、私は先の研究会で感じていた。だから、全百四十九通の土居先生の手紙を通して(工藤氏の手紙は残っていないようだ)、真剣な意見と感情の交換が続いたことが、はっきり見てとれる。

さてその第一便(礼状)に、こんな言葉があって私は目を見張った――「仙台へ参りまして非常に愉快に存じましたのは、外語出身の方で当市二中に教へながら、全《おな》じく学校教師をしながらあの不滅の詩をうみ出したマラルメに私淑し非常にすぐれた詩を作つてゐられる方を知つたことでありましたが、今日そのよろこびを重ねました。」ここに言及されているのは、私の直接の師である、若き日の島田謹二先生に違いないのだ。土居光知はこのようにして、帝国大学の外から出てきた無名の俊秀たちを積極的に評価した。しかも、英文学の枠を破ろうとする研究者を、暖かく受け入れる姿勢を示していたのである。

一九二七年、『文学序説』第二版校正中の手紙では、この本で論じるカーライルやアーノルドやペイターに「全心をうちこんだ」頃のことをなつかしみながらも、せまい専門家になることへの警戒をあらわしている——「地方にゐると Life に対する enthusiasm を失ひがちで、文学に対しても通人になり、享楽的になり、light の足りない雰囲気のうちにすむことになりやすいのですね。」そして自分の努力の一端をこう表現している——「私は近頃、東西の神話を結びつけるやうな端緒を見つけたやうに予感しています。そして思ひがけない見方から『楚辞』などが非常に面白くなりました。」

一九三四年、在英中の工藤氏が、当時評判だったラスキンの研究に従事しようという思いを伝えてこられたらしい。土居先生はそれに反対して、こう返事している——「今日、日本の英文学界の一つの弊は流行的な英雄崇拝にあるかと存じます。誰か Blake を宣伝するとあちらでもこちらでも Blake 説を公けにし、世人が新鮮な興味を全く感じなくなるまで、雑誌や教壇でそれがつゞけられます。……それに対し吾人は、我々の英文学の対象を精撰された多様なものとし常々優雅に保ち、我々の研究を varied and select sensations を以つて充実して行かなければならないと存じます。／それがためには、在英中は英文学それ自身の雰囲気にふれ、English Life にふれることにつとむべきだと存じます。そして英文学の背景をしてゐるいくつかのかくれたる源を見出すことです。」

同じ年、左翼思想とファシズムのたかまりに対しては、こう述べている――「今日のやうな人類社会全体が危機にのぞんでゐるときには、階級意識よりも人類意識の方が更に切実な実在性を有ち得ると存じます。私が英文学を学んでゐるのは超国家的な人間意識を持たんがため、東西洋の人間が了解を一層深めんとする実践的目的からであり、Basic English や基礎日本語に興味をもつのもこのためであります……」

この思いは、国際関係の危機がさらに深まっていく一九三八年には、こんな表現となってあらわれもした――「過去を顧りみ、反省して、危機を克服するやうな広闊な精神を求める他に、文学者としては途がないのではありますまいか。私のなし得ることは、人間の精神がこの方面に於いてかかる展開をなしてきた、そしてその一歩の進歩をはかる他にはないやうに思はれます。」

土居光知の文学研究の姿勢がこのようなものであった時、日本における英文学研究の閉塞状況に不満や批判を育てていたとしても不思議ではない。先生はそれを声高に述べ立てる人ではなかった。しかしたとえば、一九三八年のある手紙では、「私達の英文学の研究が少しはずかしくなりました」という言葉をもらしている。

私などはるかに遅れて学界の裾野に足を踏み入れた者にはうかがい知れぬことではあるが、土居光知はそこに聳え立つ巨人とはいえ、いささか孤峰の趣もあったのではなかろうか。もちろん、すぐれた学者を育てはしたが、学界山脈を形成して威容を見せつけるたぐいの努力を、先生がしたようには見えないのだ。

とはいえ、急いでつけ加えておくと、土居光知は孤高に徹して深遠な思弁をもてあそぶ人でもなかった。先の研究会でも、先生の開かれた心と態度は明らかだった。工藤氏への書簡でも際立っていることの一つは、先生が気宇広大な意見とともに、終始、極めて実際的な態度を打ち出されていたことだ。たとえば工藤氏に対して、その著作出版から就職問題まで、じつに具体的で綿密な心遣いをし続けている。ただ、先生自身が学界の風潮なるものに乗ったり流されたりしようとする気配は、露ほども感じられないのである。

まずはほぼ同時代の英文学への関心から出発し、その関心の幅を過去や身近な現代へひろめるとともに、文学の根本的な特質と展開の様相の考察に進み、それからさらに人間の文化の営み、つまり Life の追究に情熱を傾けていった土居光知の仕事をふり返ると、私には英文学者としての夏目漱石の軌跡との類似が見えてくる。東京帝国大学で日本人として最初の英文学教師だった漱石の講義『文学論』と、土居光知の『文学序説』とは、中身も方法も違うが、広い視野で文学の根源に迫ろうという姿勢は共通している。そして漱石も門弟に実際的な心遣いをたっぷりしながら、そういう心の交流を通して自分の文学・文化観を深化させていった。漱石の学風は、しかし、東京帝国大学ではいったん影をひそめたように見える。イギリス人英語学者ジョン・ロレンスの指導のもと、専門領域を禁欲的にして厳密な考証を進める学風が、主流となっていったように思われるのだ。それに対して土居光知は、一種象徴的な意味をこめて強引にいえば、漱石に通じる学風を東北帝国大学に移植し、花開かせた観がある。

問題は、土居光知のこういう自由な学風と、鎧かぶとで身を固めるアカデミズムなるものとの関係であろう。先生の仕事は、後者からは、ある種の危さを含むものと見られる傾きがあるのではなかろうか。しかし別の見方をする者には、その自由さによって、先生の文学研究は内に豊饒な生を育て、Life に根ざすメッセージをもって多方面に刺戟を与え続けるものとなってきた。この学風につながる文学研究の系譜は、これからさらに積極的な検討と評価を待っているように、私には思われる。

斎藤勇先生「小さい目」のやさしさ

斎藤勇先生にはじめてお目にかかったのは、一九七一年三月のことだった。私は『近代文学におけるホイットマンの運命』という本で、日本学士院賞をいただくことになった。それで、ご挨拶にうかがったのである。先生は私などにははるか雲の上の人だったし、厳しい方だとも聞いていたので、斎藤光教授にお願いしてついていっていただいた。

ところが先生は、やさしさこの上なかった。まさに慈父のごとく、いろいろ話して下さった。ただし、先生がいかに私の受賞のために尽力されたかというような、内緒事じみたことはひとこともおっしゃらなかった。あくまで学問の話に終始した。そして私の本の誤植を指摘もして下さったのだが、それが全巻のすみずみにわたる詳細なもので、私は感激し恐懼した。それから先生は、記念にといって、ご所蔵の稀覯本、ハーバート・H・ギルクリスト編『アン・ギルクリスト——その生涯と著作』(一八八七年)を下さった。ホイットマンを熱愛したイギリス女性について、その息子がまとめた本である。見返しにすばらしい言葉も書いていただき、いまでは私の宝物になっている。

受賞式の日、斎藤先生は土居光知先生とともに私につきそって、保護者の役をして下さった。式の後のパーティの席でもそうだった。比較的小柄な先生がたいそう大きく思われ、私はそのかげにかくれて息をついていた。

その後も、先生は折あるごとに激励の言葉をかけて下さった。ホイットマン以後の私の仕事について、「刮目しています」というお葉書をいただき、恐れ入ったこともある。ただしその「刮目」の次に「と言っても私の目は甚だ小さいですが」と括弧して書かれていて、あまり人のいわない先生のユーモアを感じたりもした。

斎藤先生の『アメリカ文学史』(初版、一九四一年)の真価を私が知るようになったのは、それをはじめて読んだ生意気ざかりの学生の頃ではなく、自分もアメリカ文学の展開を全体的に、真剣に考えるようになってからだった。その時、目新しさを追わず、奇を衒うこともなく、毅然たる精神をもって一貫させ、堂々たる叙述をされた先生の本に感嘆した。先生がその改訂増補新版(一九七九年五月)を出された時、校正などで僅かながらもお手伝いできたのも、私には望外の幸せだった。

それから一九七九年六月、私は東京大学アメリカ研究資料センターが作成している「オーラル・ヒストリー・シリーズ」のため、斎藤先生を訪れ、インタビューするという幸運にめぐり合わせた。斎藤光、眞の両教授も同席して下さった。先生の生い立ちから現在までの、アメリカ文学との長い関係の回想を語っていただいたわけだが、中学時代の原稿まで出してこられての、興趣つきないお話だった。私は先生の記憶力、判断や思考の確かさに参ってしまった。しかも温顔少しもくずされず、先生一流のドライなユーモアでこちらの緊張をときほぐしても下さり、至福の一時間半だった。この時の速記録は、『斎藤勇先生に聞く』と題して刊行されている。これはもちろん稀覯本などではまったくないわけだが、私にはやはり宝物となっている。

☆**斎藤勇**《たけし》（一八八七―一九八二年）福島県生まれ。一九一一年（明治四十四年）、東京帝国大学英文科卒。東京女子高等師範学校教授を経て、東京帝国大学助教授・教授（一九二三―四七年）、東京女子大学学長、国際基督教大学教授を歴任。「日本における英文学研究の正統を確立した中心人物」（『現代日本朝日人物事典』一九九〇年）という評価は、広く分かち持たれるものであろう。

矢野峰人先生　大人《たいじん》の学匠

矢野峰人先生がお亡くなりになった。五月二十一日のことである。私はちょうど十日間ほど中国旅行に行っていた。二十四日の夜、帰国し、家に戻るとすぐ、家人から訃報を知らされた。その場でからだがすくんでしまった。旅の興奮も忘れて、大きな空洞をかかえこんだ思いだった。

私はその二カ月半ほど前、矢野先生の学恩を思う短い文章を書いていた。『朝日新聞』夕刊の「しごとの周辺」というコラムで、学者のはしくれとしての感想を連載していた中に、先生から教わったことを書きしるしたのである(三月八日付、表題は「アンソロジー」)。一部分を引用させていただくとこうだ。

大学院生時代のこと、東京都立大学の教授であられた矢野峰人先生が、講師として来て下さっていた。聴講生は二、三人で、一対一の授業になることもあった。しかし先生はいつもおだやかに、こまやかな内容の話をされた。先生は詩人だが、精密な考証家でもある。

その授業で教わったことの一つに、アンソロジーつくりがある。先生は蒲原有明の逸詩拾集に苦心された。たぶんその体験を話された時、ついでに、個人の詩文にしろ、世界の文学にしろ、自分がその精華だと思うものを集めて、自分本位のアンソロジーをつくることをすすめられたのである。

世間に流行の文学理論をふりまわしたり、それによって作家や作品を一刀両断してみせたりすることに、どれほどの価値があるか。詩文を愛し、味わい、魂を呼応させることこそ、文学研究の土台であろう。アンソロジーつくりは、まさにそういう仕事である。これには、もちろん、幅広い読書も必要とする。

先生のせっかくのおすすめにもかかわらず、私はアメリカ詩の教科書や、ホイットマンの翻訳選集のほかに、ついにアンソロジーといえるものを編むことなく今日まで来てしまった。しかし右の引用の後半で述べた文学研究の姿勢は、私の乏しい仕事の土台になってきている。そしてそれをつらぬこうとする時、先生の存在が大きな支えとなり続けてきたように思う。

その矢野峰人先生がお亡くなりになった。空洞はほんとに大きい。せめてのことに、先生のご著書を出してきて、脇においた。学者としての先生の令名を打ち立てた『近代英文学史』(大正十五年、ただし私の所有するのは昭和四年の改訂版)や、先生の親しく接しられた英文学者の印象記『片影』(昭和六年)から、『近英文芸批評史』(昭和十八年)や『ヴィクトリア朝詩歌論』(昭和二十九年)

を経て、今年（昭和六十三年）の二月に出された大著『飛花落葉集』までが、すわって机に向かう私の目の高さまで、二段にわたって積まれた。もちろん先生のご著書はさらにずっと多いが、私は本屋で見つける限りは買い求めていた。先生からいただいた署名本もある。

それらのご本をあれこれ開き、最初に読んだ時の思い出や、いまの感想をたしかめる。そのうちに、先生の文学的自叙伝である『去年の雪』（昭和三十年）——これも先生から頂戴した本だ——をめくると、そのまま読みふけってしまい、先生の若き日の回想に自分がついていく形で、先生への追慕がひろがっていった。

この自伝でこまかに語られていることなのだが、矢野先生は三高の生徒の頃から、ローデンバッハ、ダヌンチオ、ストリンドベルヒ、マーテルリンク、ハウプトマン、モーパッサン、それからロシアのツルゲーネフ、トルストイ、アンドレーフ等を読みあさられた。イギリス文学はアーサー・シモンズをとっかかりとし、ブレイク、カーライル、イエイツと、象徴詩風や象徴詩論に大いに親しまれたが、それ以上に輓近の大陸文学を、多くは英訳によって読みあさった。ひとつには、世紀末の文学世界が一種インターナショナリズムの雰囲気をかもしていたのであろうけれども、先生にははじめから国境を越えた「文学」への共鳴と関心が働いていたように思われる。その幅広い読書は、やがてまず『近代英文学史』に見事に実を結んだ。これは世紀末のイギリス文学に焦点をあてた本だが、視野は大陸文学全体におよび、その背景のもとにイギリス文学を論じたがゆえに、内容はますます輝きを発している。

しかし先生のこういう泰西文学への接し方は、遠く離れた東邦の、詩心豊かな学徒の文学的感興をもとにするものであった。そして先生ご自身がそのことをよく自覚されていたため、先生のご研究はごく自然に、日本と西洋とにまたをかけた比較文学的研究へとひろがった。またその方面の該博な知識と深い理解をもとにして、日本近代文学、とくに近代詩の研究でも、すぐれた業績をつぎつぎと出されることになった。

先生のこの学風は、『日本英文学の学統』(昭和三十六年)で先生が論じられた小泉八雲、上田敏、平田禿木の学統を、たぶん相当程度まで意識的にうけつがれたところがあるような気がする。しかも——これは先生が詩人であられることから、しばしば世間の誤解があるようなので強調しておきたいことなのだが——先生は驚嘆すべき精緻な考証家の態度をもあわせもって、この学統を発展させられたのである。それは先生のどのご著作に接しても分かることであるけれども、ポープ、アーノルド、イエイツ、エリオットなどの詩文につけられた先生の註釈を見たり、また先生の『蒲原有明研究』(昭和二十三年)とその増補改訂版(昭和三十四年)や、先生編集の『定本蒲原有明全詩集』(昭和三十二年)をひもといたりすれば、ますますもって痛感させられる事実であろう。『飛花落葉集』における古今東西の文苑散歩に案内された読者は、まさに飛花落葉のいちいちに関する先生の学識の豊かさと談義の妙に、ほとほと感じ入るに違いない。

昭和三十年、私が東大の大学院で直接お教えいただいた時、先生は六十二歳であられた。余人をもって代え難いというので、東大の定年(六十歳)を過ぎてもご出講していただいていたのであろうか。もちろんもう見上げるばかりの大家で、日本における象徴主義の移入史の微に入り細をうがつ考証と、文学の「読み」のあり方をあわせつたえるご講義に、すぐれた学問のおもしろみをいつも味わわされていたのであるが、もう一つ、まことに温厚な大人《たいじん》の風に接することが、毎週の喜びでもあった。

じつのところ、先生は意外と激しい情熱家でもあられたのではなかろうか。先に名をあげた大陸の作家たちの、人間の愛欲や嫉妬の情のすさまじさの描写にひきつけられた話は、回想記の随所に出て来る。しかし、同時に、たとえばトルストイの『アンナ・カレーニナ』に関連して、先生が「人間の孤独性といふものを、昔から固く信じ」、従って「屢々人の悲しみ、不幸の聞役にはなったが、自分の苦痛を他人に訴へようとした事は無い」ということも書かれている。そういうストイックな心を育てられて、先生はあのように抱擁力の大きい寛仁の人になられたのかもしれない。とにかく、こちらがどんなにばかな質問や話をしても、先生の温顔は変わることなく、いつもやさしく受け答えして下さった。

二年後、とうとう先生のご来講はなくなってしまったが、正月(ある年はたしかその二日だった)に、島田謹二先生が私たちをつれて先生のお宅を訪れるという、有難い極みのことをして下さった。何年か、それは続いた。それから、神田孝夫さんにつれていっていただいたり、台湾時代の先生の同僚の子息である滝田夏樹君といっしょに押しかけていったりした。先生はいつも暖かく迎えて下さり、味わい尽きぬ話をして下さった。時々、比較文学の現状に批判を加え、私たちを励まして下さりもした。

比較文学といえば、先生が『比較文学——考察と資料』の増補改訂版(昭和五十三年)をお送り下さった時、私は何かの仕事に追われており、読みおえてから感想を述べさせていただくつもりで、ついお礼状を出すのが遅れてしまった。するとある人に、亀井君はいまどうしているかというお問い合わせがあったということを、その人から聞いて、恐懼してお手紙をしたためたことがある。私などははるか末輩の者にまで気をかけて下さる先生は、本当に有難い存在だった。こちらはただ甘えるばかりで、ついに何のご恩報じもできないで終わってしまったことが悔まれる。

矢野峰人先生の無限の学恩にただただ感謝をささげ、いささかでもそれにむくいる努力をしたいと更めて心に期しながら、先生のみたまの安らかにあらせられんことをお祈りする次第である。

☆**矢野峰人**《ほうじん》(一八九三—一九八八年)　本名は禾積《かづみ》。岡山県生まれ。一九一八年(大正七年)、京都帝国大学英文科卒。大谷大学、三高教授を経て、一九二八年から台北帝国大学教授、四七年以降は同志社大学、東京都立大学、東洋大学教授を歴任、最後の二つの大学では学長も勤められた。

島田謹二小伝

比較文学・比較文化研究の泰斗、文化功労者、島田謹二先生が亡くなられた。先生を知る者の悲しみは深く、日本の学界・文化界にとっての損失は計り知れない。

島田先生は一九〇一年（明治三十四年）三月二十日、当時の東京市日本橋区本銀町に生まれた。日露戦争の干戈の響きを身にうけとめて成長されたことになる。東京外国語学校英語部を卒業後、一九二五年（大正十四年）、東北帝国大学法文学部英文学科に入学、二八年（昭和三年）卒業。この間、専攻の英米文学のほか、ヨーロッパ大陸文学、とくにフランス文学に親しまれ、日本文学にも研鑽を積まれた。

一九二九年、先生は台北帝国大学文政学部講師を嘱託せられ、文学概論、英米文学、フランス文学の講義を担当された。この職にあること十余年、ということは必ずしも地位に恵まれた状況ではなかったと思われるが、上司に矢野禾積（峰人）教授がおられたことは、先生の幸いであったに違いない。先生は日本人が外国文学を研究することの意味や方法に思いをめぐらし、フランス派英文学や比較文学の精密な研究、および国際的な視点に立つ日本近代文学の検討を進められた。

その成果は、台北大学の研究年報に発表した「上田敏の『海潮音』」(三四年)、「ポゥとボォドレェル」(三五年)、「佛蘭西派英文学の研究」(三六年)をはじめとして、多くの研究・文芸雑誌を飾った。また外地文学研究の一環として、台湾に取材した日本人の文学を考究し、「華麗島文学志」の雑誌連載もされている。そして一九四〇年、台北大学講師と兼任で台北高等学校教授に任ぜられた。

日本の敗戦により、一九四六年(昭和二十一年)三月、島田先生は東京に戻られた。戦後の混乱した社会で、引揚者として、先生の生活も混乱したと想像されるが、先生はその年五月、第一高等学校講師を嘱託せられ、同年十二月、同教授に任ぜられた。そして一九四九年六月、新設の東京大学教養学部教授に就任された。英語の担当であったが、ほとんど同時に「英米文学と日本文学」の講義も始められている。比較文学への烈々たる意欲はいささかも減じていなかったわけだ。

翌五〇年、東京大学教養学部に教養学科が開設されると、先生は比較文学の講義担当を命ぜられ、五三年、大学院が開設されると、比較文学比較文化課程の主任になられた。これより八年間、先生はこの学問の確立と後進の育成に全力を注がれた。そして大きな成果をあげたことは、世に知られる通りである。東大比較文学会の機関誌『比較文学研究』(一九五四年創刊)は、先生の指導によって瞠目すべき発展をした。先生ご自身の著作も、『翻訳文学』(五一年)、『十九世紀英文学』(五一年)、『比較文学』(五三年)、『近代比較文学』(五六年)と、ぞくぞくあらわれた。また生来、詩人であった先生は、若い頃からマラルメなどの訳詩を発表されていたが、この時期にはバイロン、ポー、スティーヴンソン、ワイルドなどの流麗な翻訳も出版されている。

一九六一年(昭和三十六年)、島田先生は停年により東京大学を退官、以後、実践女子大学教授(六一―六四年)、東洋大学教授(六四―七三年)、山梨英和短期大学教授(七七―八二年)などを歴任された。先生の講義、あるいは講演や談話の、よどみをしらぬ名調子は、聴く者を酔わせ、「若く美しい」学問の世界に誘い込んだ。当然のこと、大学の外にも先生の講筵に連なりたい人は多く、「源氏の会」「漱石を読む会」等、先生をかこむ私的な勉強グループも生まれた。先生は教職を退かれた後も、最後まで人々に感化を及ぼし続けられた。

この間、先生の学問的な業績はますます巨大になった。先生の文学研究はテキストの精緻な味読により、そこにあらわれている文学者の魂を内からとらえ、豊かな感情をもって語る手法をもとにしている。それが広範な知識の上に成り立つことはいうまでもないが、このエクスプリカシオン・ド・テキストの徹底により、真に生きた文学研究となっていた。この方面の先生の仕事の集大成は、博士論文ともなった『日本における外国文学』二巻(七五―七六年、日本学士院賞受賞)であろう。『ルイ・カザミヤンの英国研究』(九〇年)とそれに続くフランス派英文学研究(遺稿の編集・出版が計画されている)も、深く広い先生の学問を見事に示す。それと同時に、文学を国際的な目で検討する姿勢は、必然的に比較文化への関心につながり、先生の幼い頃からの情念とも重なって、明治ナショナリズムの研究へと展開した。『ロシヤにおける広瀬武夫』(六一年)、『アメリカにおける秋山眞之』(六九年、日本エッセイストクラブ賞受賞)、およびそれに続く大作『ロシヤ戦争前夜の秋山眞之』二巻(九〇年、菊池寛賞受賞)は、この方面の先生の仕事の金字塔である。

一九九二年十一月、先生はこれらの多方面にわたる業績により、文化功労者として顕彰された。当然のこととはいえ、非常な慶事である。

島田先生は、何度かご家庭の不幸に見舞われた。長い間、独居もされていた。しかし先生をしたって集まる人は多く、先生のまわりはいつも賑やかだった。先生は女人の愛を求めること熱い人であったが、熱い愛に恵まれた方でもあった——これは、仄聞と想像によって記しておく。しかし晩年の先生は、愛嬢斉藤信子さんご夫妻と居をともにされ、悠々安息の生活を送られた。先生は矍鑠《かくしゃく》として、老いも死も知らない人のように見えたが、今年(一九九三年)四月二十日、脳梗塞のため急逝された。享年九十二歳。学問の大道を歩み、烈しくそして充実した人生をまっとうされたあげくの、文字通りの大往生であった。先生の戒名を「興学院師道謹厳大居士」といわれる。まことに然りと、長年先生の導きをたまわってきたこの小伝の筆者などは、告別式の席で思わずうなった。先生は歿後、正四位勲二等瑞宝章を贈られた。

☆　追記。本文中で言及した未刊の遺稿も、それぞれ『フランス派英文学研究』二巻(一九九五年)、『華麗島文学志』(一九九五年)と題する大冊となって出版された。

島田謹二の人と学風

島田謹二先生を歴史的人物として、敬称省略、または氏か教授か博士をつけて呼ぶ態度でこの文章を書くべきだろうが、私には先生とお呼びしなければどうしても落ち着けぬ部分がある。しかしまた、師にべったりの称讃に終始する弟子の文章の情けなさも、知らぬわけではない。燕雀が鴻鵠の志を論ずるの愚を百も承知の上で、なおかつ先達の軌跡を自分なりに客観視しようと努めるのが、後を行く者の使命でもあろう。師と氏の間を右往左往しながら、私はあえて混乱した文章を綴ろうと思う。

まずはパーソナルな思いから書くことにする——じつはここにこそ、私の島田謹二観のエッセンスはこもっている。いまから二十ないし三十年前、つまり大学院生から大学教師になりたての頃、私は先輩や友人とつれだってよく先生のお宅にお邪魔した。私は幸いすまいが近かったので、着流しでうかがいもした。先生は甘い物しか召し上がらぬが、いつもお札《さつ》をたまわり、私たちに酒を買ってこさせた。こちらはいそいそと買ってきて、勝手にいただきながら、先生の話に耳を傾けた。世間話や人物月旦、話題はさまざまだったが、最後は必ず学問の話、その現状や在り方や将来の展望になった。こちらもつられて黄色い嘴で抱負やら法螺やらを述べた。先生は「梁山泊のようだな」と呵々されるのが常だったが、いまから思えば、これが私などの学問的な青春であった。

不遜な言い方をさせていただくと、こういう時、先生もまた私たちに対して真剣であられたように思う。先生にもまた、語りかけたい思いがたっぷりあった。それは一言でいってしまえば、日本の英米文学研究や比較文学研究を、「文学」研究にしたいという思いだったに違いない。そんなこと、理屈では(当時もいまも)誰も反対せぬ。しかし実情は、文学の内的生命を忘れた外面的・機械的な調査や分析に終始する仕事が支配的である。先生には個人的な怒りもあったと思う。だがそれ以上に、学者としての使命感があった。それでわれらチンピラにまで、おそろしい情熱をもって、あるべき学問を説かれ続けた。

島田謹二氏は(とここで、何となく氏呼ばわりする)、人情の機微を洞察し、酸いも甘いも知る「通人」的なところがあるが、その「通」ぶりの表現の仕方がどこかぎこちなく、当時はむしろ「通」とは逆の直情性が目立つことが多かった。先生は結局、「学者」以外の何者でもないと私には思えた。このひとすじに生きた人なのだ。そして「梁山泊」のようなプライベートな所では、天才的なアジテイターだった。温顔をたたえ、時には瞑想的に目をつむり、時には冗談めかした口調を用いながら、私たちを激しく「文学」研究に駆り立てた。私などは、恐ろしさと歓喜でしびれていたものだ。

「島田謹二の学風と方法」というのが、いまここで私に与えられている課題だが、これを知るよい手だては、先生自身が与えてくれている。先生の不興をかうのを承知の上で、まず古い文章を紹介してみたい。一九三八年一月、『英語青年』の一〇〇〇号記念に、島田氏は「わが国に於ける英文学研究」と題する長論文を寄せている。これは主として歴史的展望の文章だが、氏の姿勢も明示している。つまり氏は、英文学研究とは「英文学を『文学』として理解する立場……から英文学を味読考究すること」と明確に規定した上で、その系譜として第一期に坪内逍遙とラフカディオ・ハーン（ともに「日本文学をこやす一助」として英文学を研究する態度）、第二期に島村抱月と上田敏および平田禿木（「英文学作品の審美的理解」を推進）、第三期にジョン・ロレンスに導かれた東京大学系統の学者（「英語学と英文学との握手提携」による「科学的」研究の姿勢）をあげて簡潔に説いた後、外国人たる日本人研究者の今後とるべき道を論じる。その一つは、「日本文学と英文学との交渉関聯を究めること」つまり「比較文学研究」の道である。これは英米の学者のよくなしえないことなのだ。いま一つは、日本人としての「独自な見方を掘り下げること」である。これは英国人の研究や批評を斥けることではない。「正直に丹念に彼等の見方味はい方考へ方についてゆき、それをいちいち立ちどまって解釈し日本人として批判する」ことである。これによって、日本人の英文学研究は英国学者のそれよりも一層深いところまで達しうるだろう。こう論じて、氏はこの態度をとったよき先達として、夏目漱石をあげている。

さて、島田謹二氏の主張は、これらさまざまな態度を総合したところに成り立っている。しかしまた、単なる総合でもない。たとえばいまあげた中の第三期とはつまり現代のことであるが、その学風を氏は「英国の大学で英国の学者が英国文学を修めるような本格的な『研究』」とたたえてみせながら、じつのところ皮肉をたっぷりこめた表現をしていることは明かだ。「英語学と英文学との握手提携」についても、それが安易になされることへの警戒を氏は暗示している。しかも氏は、こういうやり方に背を向けた夏目漱石の英文学研究に満足しているわけでも決してない。その業績を十分に認めた上で、なおそこに「現代の学徒ならもう少し史実をさぐり、解釈を多岐にし、文献を詳細に参考するのではないかと惜しまれる節《ふし》が散見する」という。そして氏は、「英文学をもう少し漱石よりも学問的に、しかも漱石と同じように外国文学としての自覚を以て取扱い、われわれの進むべき道のmodelをしてくれたもの」として、仏蘭西派英文学をあげている。

この論文が注目をひいたためか、『英語青年』の翌々号には、同じ著者による「英文学研究方法考」がのった。これはとくに仏蘭西派英文学の学風に力点をおいたものといってよい。文学研究は「文学史的知識」と「文学の芸術的意味や作品の人生的価値を明らめんとする見方」とが渾融していなければならないが、英国学者が必ずしもこれをなしえているわけではないし、彼らは当然のことながら「本国の読者のために」書いている。われわれはむしろ、ベルジャム、アンジェリエ、ルグイ、カザミアンといったフランス派の、外国人として英文学を総合的に理解しようとする姿勢に学ぶべきものがある。氏は大体このように述べて、(1)「一物もあまさず徹底的に叙述」すること、(2)「芸術と人生とに於ける真実を直視」することの必要を強調する。

これら二論文を書いた時、島田謹二氏はすでに「上田敏の『海潮音』」(一九三四年)、「ポゥとボォドレェル」(一九三五年)、「仏蘭西派英文学の研究」(一九三六年)など、力篇をぞくぞく発表、自分の主張を実践していた。しかもまだ三十七歳に足りぬ少壮学者である。身分的には不遇だった。だから、慎重に言葉を選んで書いてはいるが、自負と覇気とがここにはにじみ出ているように思う。

これより三十七年後の一九七五年、いまやおしもおされもせぬ大家となっている島田謹二氏は、大著『日本における外国文学』上下二巻の冒頭に、「私の比較文学修業」と題する長篇を収めた。これは一見、個人的な回想の文のようであるが、じつは文学研究の歴史から氏の研究の本質までをあわせ語った大文章である。内容は『英語青年』に寄せた文章の延長線上にあり、「私自身の生き方も……考え方もまるで違った」という氏の言葉にもかかわらず、氏の研究の在り方の基本が一貫していることに驚かされるくらいだ。ただし、氏の視野はさらにひろがり、人生観も芸術観も円熟し、「大人《たいじん》」の態度が出ている。島田謹二について知りたい人は、まずこの文章をこそ熟読玩味すべきだろう。しかもなおかつ、あの「梁山泊」に参加しえた私としては、読者に注文をつけたい。おだやかな表現の下に沈められ見えにくくなっている氏の断乎たる覇気を見逃さないでいただきたい、と。

この文章では、あらたに、「エクスプリカシオン・ド・テキスト」ということが、氏の方法の中心として説かれている。それは「原文のこころをとらえ、分析し、再構成する」ことにより、「もとの人間の作品と魂の底にまでおりてゆき、その内面的なゆたかさを全部明らかにしようとする努力」である。氏はこれをルグイの著作などから学んだというが、同時に、本書に集大成された日本の翻訳文学や、近代詩文における西洋的材源の使い方や、内外の文学の複合的展開の研究を通して氏がみずから深められた方法に違いない。巨大な学識と豊かな感覚、それに人間へのあくことのない関心が総合されて、はじめて十分の説得力と意義をもつ方法である。それをほとんど何気なく説くところに、私は氏のかくれたアジテイションを感じる。なぜなら、「エクスプリカシオン・ド・テキスト」こそ、あの外面的・機械的な研究に対するアンチテーゼの中核となるものなのだから。

なおもう一つ、氏はこの頃までに『ロシヤにおける廣瀬武夫』（一九六二年）、『アメリカにおける秋山眞之』（一九六九年）といった明治ナショナリズムの研究をあらわし、その後もこの研究を発展させている。「文学」尊重の氏にして、これは転向ではないかと思う人もいるようだが、これこそ一国の文学・文化を世界的な視野で再検討したいという氏の関心から生まれてきたものであり、人間の内面的豊かさを総合的に見る態度につらぬかれている。

島田謹二氏は文学研究における「文学」性を強調し、「学問は、体系や理論によって生きるのではない。学問もまた、大きな根本的な意味における創作(の一種)である」とまでいってのける。このため、氏をディレッタンティズムの人と見る向きもあるが、逆に、氏は学問を純化してきたというべきではないだろうか。

いま、氏の二つの時代の文学研究論を紹介したが、表現法に大きな違いがある。旧論文はいかにも上質の学者的なひきしまった文章だが、新著はほとんど平談俗語である。氏のほかの学術論文でも、このスタイルの変化は目立つ。これには氏の個人的な体験が関係あるかもしれないし、佐藤春夫の話すように書く文体などの影響があるかもしれぬ。しかし私は根底のところで、氏の文学研究が形式上の桎梏を解き放ったところに由来すると思う。氏はこの「非学問的」なスタイルで、世間的には損している部分があるかもしれない。だがこのスタイルこそ、「自分の学問」に賭けてきた氏の勇気のあらわれでもあるだろう。

私自身は、先生のアジテイションにしびれながら、自分はひとつ、先生が後においてきたスタイルを追求してみたいという野心をもった。先生のご指導のもとに書いた『近代文学におけるホイットマンの運命』という本で、私は思い切って「学問的」な形式をつらぬいてみた。先生は一言も反対されなかった。だがこの本が仕上がった時、これからは自由になれる、なってみせるぞという思いが私にはわいてきた。それ以後でも、私は先生のスタイルを意識的に真似たことは一度もない。しかし先生の表現の自由さに、高く広い空を飛ぶ鴻鵠の志を感じとる度合いは強くなったような気がする。

島田謹二が日本の学界の異端であるかどうか、それは世間がきめることだろう。私はこの人に、最も正統的な、日本人の英米文学研究の可能性を探究する態度をつらぬいてきた学者の姿を見る。いまは年に一、二度の行事になったが、私たちは折あれば先生のお宅に押しかけ、酒はさすがに自前でいただきながら、八十三歳、好々爺になった先生の温和な言葉から、アジテイションを聞き取り、「梁山泊」精神をあらたにしようとつとめる。

島田謹二先生　学問の戦士

島田謹二先生は今年(一九九三年)四月二十日に亡くなられた。脳梗塞である。この病名の示すように、急逝であった。四月十五日夕刻、私は先生ご危篤の電話を受けた。ちょうど風邪をひき、この月からあらたに勤めはじめた大学を休んで床についていたけれども、すぐに沼袋の病院にかけつけた。先生は前日に倒れられたということだった。

先生はすでに意識がなく、昏睡の状態であられた。まことにおだやかな顔で、令嬢の斎藤信子さんのお許しで腕や足にふれさせていただくと、なんともいいようのない暖かさと柔かさだった。九十二歳とはとても思えぬ。しかしご回復の希望をもてないことは明らかだった。

病院を辞してから、ふらふらの体ではあったが、私は神田孝夫さんと中野の居酒屋に入り、先生のことを話し合った。「見事な大往生だなあ」と私はいった。神田さんもうなづいておられた。へんな言い方を恐れ気もなくさせていただくと、かつて先生は「大往生」される人のようには見えなかった。もちろん、これには先生に接するこちらの若さもあった。先生の自己表現のきわどくきついところばかりをうけとめ、その背後にある人間的な大きさになかなか気づかなかった。

いや気づきはするのだが、きわどくきついところに圧倒されていた。先生は学問の戦士だった。そして戦士はなんとなく学問の世界での戦死を予感させるイメージをもっていた。

私は東大教養学部の学生時代から先生の講義や講演をうかがってはいたが、文学部の英文科に進んだため、親しく教えをうけたのは、大学院の比較文学比較文化課程に入ってからである。その課程はまだ発足して三年目で、学生は教養学部出身者が大部分だった。それで先生は、文学部からも入ってきた者がいることをたいそう喜んで下さった。だがはじめて面談をうけにいった時、開口一番、「君、英米文学研究で、英文科出身者に一歩もひけをとらぬ者になりたまえ。それから比較文学研究で、第一人者になってほしい」と、激しい口調でおっしゃる。ぽっと出の新入生は、目を白黒したものだ。

あとから思えば、島田先生ご自身が、この点で苦闘されていたのだった。先生は東京外国語学校を出、東北帝国大学の英文科で学ばれた。まことに立派な学歴というべきだが、人に何層倍もする能力と意欲をもつ先生は、たとえば一高、東大出というだけで順風満帆に進む学者たちへの強い対抗心を、内に秘められたのではなかろうか。卒業後、先生は矢野禾積（峰人）先生に見込まれ、台北帝国大学の英文学講師となられた。そして英文学者としてぞくぞくとすぐれた業績をあげるかたわら、比較文学研究の第一人者となられた。しかし講師の地位にあること、十七年に及んだ。戦後間もなく、一高教授を経て、東大教授になられはしたけれども、ご自分の正当な評価を求める気持は少しも弱まってはいなかったように思う。

先生には、当時の比較文学研究の状況についても、ご不満がたっぷりあられた。英米文学、あるいはその他の国の文学についても同様だが、その分野で一人前の研究者として通用しない人が比較文学のお題目を唱え、それぞれの分野の研究の落穂拾いをしながら、互いにかばい合って、お山の大将に、あるいは下士官や兵長になりたがっている、というのが先生の比較文学界見取図だったように思う。そんなことで、どうして既成の学問に対抗できるか。比較文学研究は、文学「間」の研究で終わるものではない。「文学」そのものの研究だ。当然、既成の学問分野でも堂々と通用する能力と、その証明が必要だ、と先生はいつも力説されるのだった。

先生は、ご自分の不遇意識と、それを乗り越える苦闘をもとにして、私たちを叱咤されたといえるような気がする。先生のご家庭も必ずしも幸せではなかったようだ。夫人とは別居され、愛息にはつぎつぎと不幸な形で先立たれた。それがあって、学問にいっそう打ち込まれもしたが、弟子たちの教育にますます情熱を注がれもした。しかし先生は、叱咤されただけではない。おだてて励ますことにも心をくだかれた。先生はよく学生をつれて文学研修旅行とでも呼ぶべきものをされたが、いまも記憶に鮮明に残る思い出がある。東北大学の漱石文庫の見学と島崎藤村『若菜集』の背景調べを兼ねて仙台へ旅行した時の夜、安宿に布団を敷きつめ、みんなしてねそべった。すると先生は、まだ大学院一、二年生の私たちに、一人ひとりの名を呼びながら、「比較文学を本当の学問にするのは君たちだ」「君たちにすべてがかかっている」といった話を、えんえんとなさるのだ。私は心中、すごいアジテイターだなあと思いながら、すっかりその気になっていた。

当時、学生に対しては、先生は喜怒哀楽をまっすぐにぶっつけられた。たいていの者はきりきり舞いした。他方で先生は、外部の人に対しては、無理に感情をおさえ、社交的になろうと努められたようだ。その結果、みえみえのお世辞をいったりもされる。そのくせ途中で嫌気がさすと、不意に無口になり、冷たく相手を突き離しもされる。学生はきりきり舞いですんだが、反感をもった人たちも少なくなかったような気がする。

そんなふうにして、一見バランスを欠くところはあったが、学者兼教育者としての島田先生の、ほとんど他の追随を許さぬ美点は、学問的な論文の極めてすぐれた「見巧者」で、しかもご自分の判断に対して非常に誠実だったことである。好悪の感情は別にして、ほむべき論文のほむべき点は必ずほめ、それを誰にも語られた。批判すべき点は、周囲の者には、率直にやさしく指摘された。先生に論文を読んでいただくことは、弟子たちにとって、こわくもあるが、この上ない喜びだった。ただし先生も、新聞雑誌に発表する書評は、それほど得意ではなかったような気がする。嘘はお書きになれない。しかし社交的な配慮はなさろうとする。そのため、せっかくの犀利な批評が明快な表現となりにくい場合があったように思うのだ。

先生は学問の激しい戦士だった。先生としては軍略、戦術を考え、自分をおさえて学問的な外交にも気をつかわれたが、へんなシッペ返しをうけることが何度かあった。結局、弟子つまり若い戦士の育成が先生の大仕事となり、これはかなりの成功を収めたといってよいような気がする。雑誌『比較文学研究』の創刊(一九五四年)と発展に大きな力をついやされたのも、軍備を整えて干戈に臨む気概によるもので、これは大いに成功したというべきだろう。しかし先生は、お山の大将ではない、真の大大将ではあったが、たいてい先頭に立ち、みずから武器をもって戦う戦士であった。私はそのはるか後方で、叱咤やおだてを栄光と心得、やみくもに走る陣笠にすぎないが、みずから戦う大将の姿を美しいと見、敬服しながら走っていた。

島田先生は一九六一年に東大を定年で去られ、実践女子大学、東洋大学、山梨英和短期大学などの教授を歴任された。そのある時——私たちはよく先生のお宅に押しかけ、ご自身は饅頭などを食べながらふるまって下さるお酒を勝手に頂戴して、駄ぼらを吹きまくっていた、そんなある時——「ぼくもこの頃、圭角《けいかく》とれてねえ」と先生はいって、呵々大笑された。私たちもつられて笑ったが、考えてみるとその通りだった。いつの間にか先生は、渋面も無理につくられる笑顔もぐっと少なくなり、円満の相、大人の風格を身につけておられる。あんまり身近にいて、気がつかなかったのだ。

それには、もちろん、お年を召してきたことも関係あるだろう。東大時代のように、学科の責任を背負って苦心されることが減ったことも関係あるだろう。しかしもっと大きな理由は、先生の学問が大成し、世間もそれを――いやでも――認めざるをえなくなり、陣笠たちもそれなりに槍や刀を使えるようになって、大将はようやく大将として落ち着きを得られてきたことにあるのではあるまいか。

私が大学院に入った頃、先生はすでに高く仰ぎ見る学者だった。だがいまから――なまいきに――ふり返ってみると、東大時代の先生のご著書は、折々のご論考をまとめたものが主で、先生の内に蔵するものが盛り上がって渾然と美しい学問の雄山となる体のものはまだなかった――それに最も近づいたのは、亡くなった小野二郎君が編集に尽力した『近代比較文学』(一九五六年)ではなかったかと思うけれども。

しかしご定年後にこそ、先生は先人未踏の巨峰を築かれた。『ロシヤにおける広瀬武夫』(一九六二年)、日本エッセイストクラブ賞を得た『アメリカにおける秋山眞之』(一九六九年)は、比較文学研究を比較文化研究に押しひろめ、日本人のナショナリズムに燦然たる新しい光をあてた。『日本における外国文学』二巻(一九七五―七六年)は、日本近代文学と外国文学との関係を詳細に検討する、この方面の先生の仕事の集大成だが、比較文学研究が真に生きた文学研究たりうることも身をもって証明し、やはりほとんど有無をいわさぬ説得力をもつ。これによって先生は文学博士の学位を得、日本学士院賞をうけられた。

そして晩年には、先生は斎藤信子さんご夫妻と居をともにされ、悠々自足の生活を送られながら、外国文学研究のモデルとして台北時代から考究されてきたフランス派英文学の実体を明らかにする『ルイ・カザミヤンの英国研究』（一九九〇年）と、畢生の大作『ロシヤ戦争前夜の秋山眞之』（同）を刊行された。後者は菊池寛賞を受賞されている。そして一九九二年十一月、これら多方面の研究に対し、先生は文化功労者として国から顕彰されたのであった。

島田先生は大将なのに、陣笠どもが多少近づけたと思った時には、ひとりずっと先に進んで戦っておられた。しかし、もともと孤軍奮闘された人の面影は濃厚に残しながらも、晩年はその戦士の貌におだやかな威光が発し、また内からあふれるようになった人間的な暖かさが、人々をなびかせもした。最後の最後まで、「君、女が分からなくちゃ文学は分からないよ」と、青年じみた意気を燃やされてはいたけれども、一種の安心立命を得られていたようにも思う。

私個人のことで恐縮だが、先生の晩年のやさしさについて一言しておきたい。いつか日本比較文学会の関西支部大会に（私としては珍しく）お供をしていった時、三十分ほども二人で歩く機会があった。先生は私の出したばかりの本をいつものようにこまかく批評して下さりながら、不意に「君、夏目漱石になりたまえ」といわれる。私がきょとんとしていると、「漱石はイギリスに留学して、帰国早々、東大の教師となった。君もアメリカに留学して、そうなった。文学研究の在り方の模索を漱石もし、君もしているはずだ。漱石を恐れちゃいかんよ」と、じゅんじゅんに説かれるのだ。アジテイターのこのやさしさ。私が先生にはじめて面談した時にうかがった言葉を述べると、先生は「そのことは覚えていないけれども、当然、そういった筈だ」といって笑われた。

私の妻――彼女も先生の教え子の一人だった――が死んだ時も、先生は心から同情して下さった。私がだまっていても、先生は会うたびに、「君、時を待ちたまえ。悲しみを乗り越えるには時間がいるんだよ」と、はげまして下さった。妻の三回忌がすんでしばらくたった時、先生から不意に生花が届けられた。まぎれもない先生直筆のお手紙もあとから来て、「いま、君たちのことを思っている」とあった。

先生は学問の偉大な戦士だった。戦い抜いた。そして戦い抜きながら、もともと内にあった大きな人格で、しだいにご自身をつつみ、また周囲の者をつつんでこられた。私は詳細を知らないけれども、先生はたぶん曲折に富んだ生き方をされた人だろう。しかし結局、学問の大道を歩まれ、まことに充実した、堂々たるご生涯を送られたと思う。苦闘あったればこその大往生を、先生はとげられた。「興学院師道謹厳大居士」を祝福し、心からの感謝を捧げ、私などの学びとれるところは学びとっていきたいと思う。

『華麗島文学志』若き日の島田謹二先生

日本における比較文学比較文化研究の最大の指導者であった島田謹二先生は、一九九三年四月に亡くなられた。享年九十二歳だから、「もって瞑すべし」と思わざるをえないけれども、先生はその最期まで、お年からは想像もつかない精力をもって研究と執筆に従事されていた。

先生の主要な著作は、一九六一年の東京大学停年退官後に出版されたが、とくに晩年のお仕事には質量ともに目を見張るものがあった。比較文学の分野では、『日本における外国文学』二巻（一九七五―七六年）で日本学士院賞を授与され、明治ナショナリズムの比較文化的な研究『ロシヤ戦争前夜の秋山眞之』二巻（一九九〇年）では菊池寛賞を受賞された。先生が病床にあっても筆を加えられていた遺稿は、これまた大部な『フランス派英文学研究』二巻（一九九五年）となって上梓された。フランスの学者たちによる英文学研究の成果を跡づけて、日本における英文学研究の在り方にも指針を与えられたものである。

『華麗島文学志』は、昨年（一九九五年）、明治書院から出版された先生のもう一つの遺作で、やはりA5判五百ページに近い大冊である。ただし、内容はほかの本とだいぶ趣を異にする。華麗島とは台湾のことである。十六世紀、はじめて東洋の海に進出してこの島を眺めたポルトガル人航海士が、「華麗なる島《イリヤ・フォルモーサ》」と感嘆したことから、この名が起こったという。そういう島をめぐる「文学志」。しかもこの本は、先生が三十代から四十代にかけての若い頃に執筆されたものなのである。

島田謹二先生は東北帝国大学卒業後、一九二九年から日本の敗戦までの十七年間、当時日本の植民地であった台湾の台北帝国大学で講師をされていた。大学では文学概論、英米文学、フランス文学などを講じられたが、この島に取材した日本人の文学にも大いに関心をもたれ、現地の雑誌に論考を発表されていた。本にまとめる準備もされていた。それが、時勢の転換によって中断されたのである。こんどこの本を編集された平川祐弘氏によると、戦後十数年たって出版助成金まで得られたが、刊行にはいたらなかったらしい。

私のように島田先生の教えをうけた者の末輩でも、この仕事の存在は早くから知っていた。噂に聞き、先生ご自身からもこの仕事への愛着を聞かされていた。後年、自分がアメリカ研究に打ち込み出し、アメリカにおける日本人の移民地文学史の執筆をかすかに思い描くようになった時も、先生の研究を読みたいものだと願った。広大な外国であるアメリカでの日本人文学と、小さな植民地である台湾での日本人文学との展開の違いを、比べてみたいなどとも考えていた（拙著『アメリカの心　日本の心』一九七五年所収「アメリカ体験と日本文学」参照）。そういう待望久しい本が、先生の歿後にようやく出版されたのだ。

先生はこの本を「史」ではなく「志」（つまり「誌」）だと謙遜されている。しかし私は、まず先生の研究の精密ぶりに驚嘆した。私などは、台湾に取材した日本人の文学というと、佐藤春夫の「女誡扇奇譚」を思いつく程度だ。それは先生も高く評価され、くわしく論じられている。森鷗外、伊良子清白、岩谷莫哀らの作品の紹介は、彼らの知られざる面を世にあらわし、渡辺香墨、西川満といったおもに台湾で活躍した人たちの業績の検討は、読者を大いに啓発する。だが先生はさらに、同人誌などに拠ったもっと無名の人たちをもつぎつぎと発掘し、徹底的に調査し、批評をくりひろげる。その入念さと果敢さは、時にほとんど衝撃的ですらある。

先生は敗戦で東京に引き揚げられてから、どこかで開き直るところがあったのではなかろうか。先生の文章はこまやかな考証を一見軽視するかのように、すいすいと思いを述べ、しかもそれが時とともに平俗な語り口調を強めた。しかしこの『華麗島文学志』は違う。資料の一つ一つを提示し、ほとんどねちこく考察し、周到に価値判断を加えている。「学者」島田謹二の生まの姿をここに見る思いがする。そしてこういう態度がもとにあったからこそ、後年の先生の作品は、自由な語り口調にもかかわらず、説得力をもっていたのだと感じさせられもする。

この本に展開するのは、日清戦争から昭和十年代にいたるまでの、台湾を舞台にした「外地文学」である。一面でそれは、「exotisme《エグゾチスム》の文学」となり、他面で「郷愁の文学」となる。若き日の島田先生も、外地の大学にあって、稀有の学才を十分に評価されぬ鬱屈があったに違いなく、こういう文学に理解と共感を示すのだが、同時に本書で先生が一貫して強調するのは、レアリスムの重要さである。「内地とは異なる風土の下に共住する民族の考え方、感じ方、生き方の特異性を、生きたままに〝生に即して〟描き出す」ことに、外地文学の未来があることを説くのである。そして先生ご自身の態度も、究極的にはリアリストである。

先生はこの主張を、それぞれの作家・作品に即してくり返し述べる。フランスやイギリスの文学と対比して語りもする。いささか西洋文学の知識を誇示する傾きが見られるのは、青年客気のあらわれだろう。それでなくても、内地と外地の文学の動きを相対的に把握して論じる姿勢は、十分に「国際的」である。

日本の敗戦と植民地の消滅により、華麗島の日本人文学は一場の夢と化したという見方がありうるかもしれない。本書の出版が遅れたのも、その辺に大きな理由があるだろう。しかしこの本は、一国の文学・文化が外に出て行く姿の、原型のようなものを見事に示している。そしてこれからの文学・文化の国際的交流や展開のあり方についても、示唆するところ極めて大きい。それに加えて、私個人に即していえば、わが師・島田謹二先生の若き日の学問的情熱にじかにふれる思いがし、深い感銘を受けた。先生は詩魂の学者といわれる。と同時に、「学魂」の学者だったのである。

堀大司先生　俗にして俗を突き抜け

今年（一九六八年）三月二十一日、入学試験も無事にすんで、恒例の英語科教官慰労懇親旅行に私たちはでかけた。南房白浜一泊。幹事だけが先行することになったが、堀大司先生もこれに同行されるという。時間にせっかちな私は、汽車の出る午前十時四分よりも一時間ほど早く両国駅についた。いくら待っても誰もこない。三十分ほどしてから、ふと私は自分がプラットフォームを間違えていることに気づいた。両国発の房総線は複雑怪奇で、ほぼ同じ方向へほぼ同じ時刻に出る汽車が一本隣りのフォームに並ぶのだ。

ようやく正しいフォームに移り、他の幹事も集まって、汽車に乗りこんだ。しかし時間に几張面なはずの堀先生がまだ着かれない。十時きっかりになった時、私は先生も私と同じ間違いをされたのだと思いついた。あわててさっきのフォームに走って行き、先生をさがした。だがそれらしいお姿は見えない。正しい方の汽車のベルが鳴りだしたので、これで車中のたのしみは半分なくなってしまったなと思いながら、私はとんで引き返した。と、先生はちゃんとおられるではないか。ぜいぜい息をしておられた。聞くと、鎌倉から乗ってこられた電車が霧のためどこやらとどこやらの駅の間で止まってしまった、そんなことで遅れに遅れて今やっと着かれたのだという。私は聞きながら、心臓の丈夫でない先生が息せききって、やけに遠い電車フォームから汽車フォームまでを走り、それでいて間違いなくこの汽車に乗られた、とっさの判断力の正しさに、わが身のおろかしさを顧みて、ひそかに嘆息した。そしてこれでやはり車中たのしく過ごせると知ってほっとした。

期待通り、私たちの席は堀先生の独演場となった。まず仙北谷晃一君と京都へ旅された話――微にいり細をうがって、自分がその場にいるよりももっとよく様子が分かる。これといったヤマ場もないような、旅行の印象を御自分で考証されるような、はてしなく脚註が続くような、そんなお話にまじえて、人間に対して恐ろしく辛辣で、しかもその人間の中に御自分をまじえられた上での、人生のきまりのようなもの、そんなものも語られた。それから井村君江夫人の御主人が亡くなられた話。「こりゃあね、君、そういっちゃなんだがね……」と、先生の愛弟子の才媛の将来についてさまざまな観察をたてられる。それから、この頃はやりの宅地造成の破壊力から、鎌倉の歴史的遺跡の荒廃の話。その市政の話。房総の最近の風光の話。織田正信氏(私は同氏の著述に敬意をもっているので関心が深かった)の亡くなられる前の愴絶なお姿の話。話は次から次へと休みなく続き、同行せられたわが上野景福教授でも、滅多に言葉をはさまれる余地がなかった。

館山で、州崎まわりのセミ観光バスに乗ることにした。上野教授が先生の意向をきかれると、

「いいよ、いいよ、ぼかあどこだっていいんだ。」途中、うしろの席に上野教授とすわられた先生のお声を聞いていると、道路の話、知友の話、バスガールの批評。灯台を通り過ぎて少し行ったあたりの山腹の、はなやかな音楽をどんちゃかやっているフラワー・センターの前で、バスは三十分ほど休息した。私たちは車をおりたが、センターに入場料を払わないと休むところがないしかけになっている。ばかばかしくて迷っていると、先生は一人「ぼかあ、ヨウがしたいんだよ」といいながら、すたすた別の方の坂をのぼっていかれた。それはこのセンターの裏口から中へ入っていく道なのだ。私たちも後を追いかけていった。その坂の上にレストランがあった。先生はそれに目をつけられたのだった。こういう時の先生の目はじつに素早いと思う。ただし、そのためセンターに不法潜入したことには一向気づいておられない。もっとも後から気づいた時には、カワイイ舌をぺろっと出された。ヨウがすまれると、何でもいい早くできるやつ、というのでみんなでカレーライスをたべた。このあたりの提案もぜんぶ先生だった。たいそう敏活だ。やがて坂をおりて出口へ向かう途中で、先生は私たちの写真をとって下さった。このフイルムはまだ先生のカメラに入ったままだと思う。仙北谷君との京都旅行でとられた分もたぶん同じフイルムのはずだ。

白浜の旅館についてからも、先生はじつにお元気だった。「ぼかあどの部屋でもいいんだぜ」といいながら、われわれ一行用の部屋を次々とのぞいてまわられた。夜の宴会では、こんど停年退官される教授への送別（といっても先生ご自身はもう退官された名誉教授なのだが）の辞を述べられた。それから、いつもの早差し将棋をさしに部屋に戻られた。長老教授ばかりが割りあてられた先生の部屋から、午前一時になってもまだ話し声が聞こえたという。

翌朝早く、風呂場で先生にお会いした。さきに入っておられた先生は、「君、あれ見たかい」というお言葉だった。ねぼけ頭で返事ができないでいると、「新聞だよ」といわれる。それで分かった。昨日、自家用車で宿に来ようとした三人の同僚教官が途中で追突事故にあい、ついに参加を中止された。そのことが新聞にのっているのだ。「東大教授三人……なんて、大きな見出しでね」と、それからは、その記事がどこまで正確なものだか、ちくいち批評紹介された。「××君の年が××歳だってえのは、ありゃ間違いじゃないかい」といった調子である。そして三人の被害者のことを、じつに具体的に、医学的に、あれこれと心配されるのだった。「××新聞だからね、ロビーで読みなさい。」そういって先生は風呂を出ていかれた。これが、私が先生のお声を聞いた最後だった。

四月十二日、先生からお手紙をいただいた。「白浜では色々と御世話様でした」というお言葉ではじまる。そして、「あの時『実践文学』に書いている私の愚文の事を何か君と話した事は覚えていますが、近頃耄碌して何でも忘れる。……どうせまじめに読んでもらうものではないが」云々と、これまたいつもの先生一流の卑下したお言葉とともに、「続西遊偶感(四)」を同封して下さっていた。先生の「正続・西遊偶感」のすばらしい価値はいずれ説いてくれる人が現われると思う。私はこんなに内容豊富で味わい深い旅行記を他に知らない。先生は私のような末輩にもあのすばらしい墨痕のお手紙をよく下さった。この幸せももうない。

私は大学に入った早々に、堀先生の英語の授業をうけるという幸運にめぐまれた。ワイルドの『ディ・プロファンディス』を読んで下さった。地方から夢をもって上京し大学に入った者が誰しも味わう最初の学期のあのデプレッションの中で、先生のご講義だけが私にこれこそ大学だという思いをさせてくれた。ご講義の内容はむつかしかった。ギリシャ文字をはじめて見るわれわれに、ギリシャ語の引用文を英語と全く同じ調子で講釈される。それから聖書のさまざまな文句の意味。ワイルドの思想。そしてとんでもない博引旁証。こちらは頭がすっかりグロッキーになり、しかたがないから足がふるえてきた。しかし辛うじて分かる断片が、非常なスリルだった。私は理屈ではなく感覚でもってこのご講義に参っていた。後年、駒場の教師として、堀先生のいわば同僚という光栄に浴すようになり、はじめて、先生のお人柄、世俗に対する超俗的なほどのご関心と同情、万事受け身に見えるほどの普遍的な積極さと理解、そういったものが少しずつ私にも分かりかけてきた。しかししょせん、先生は私には大きすぎる。その断片が感覚的に私を陶酔させるだけだ。

五月二十三日の朝、私は先生が亡くなられたことを教官室で聞いて、クラスに入っても、先生のことしか何も話せなくなってしまった。とりとめもなく、さまざまな思い出が言葉になって出てきた。そして、ぼくもまたこれが大学だと君たちに感じてもらえるような授業ができるようになりたいと思ったんだよ、いまでも思ってるんだよと、そんなに告白じみた、誓いじみたことをしゃべり続けた。しゃべりながら、それがとてつもない願いだという感じが身に迫ってきて、全身が足もとからぐらぐらと崩れ去りそうだった。

☆**堀大司**（一九〇三―一九六八年）　東京生まれ。東京外国語大学英語部、東京帝国大学英文科卒。一九三四年（昭和九年）年から一高教授、四九年から東大教養学部教授、六四年の定年退官後、実践女子大学教授を勤められた。万人の認める博覧強記、しかも俗にして俗を突き抜けた闊達の人。著作はイギリス世紀末文学を中心にして多岐にわたるが、代表作は『スウィフトその他』（一九五七年）といえようか。

朱牟田夏雄先生　座談の名人

　朱牟田夏雄先生は柔道をなさっていたせいか、立った時、少し肩をそびえさせられる感じがした。眼光も鋭い。本当は柔道のせいでなく、お心の強さ、張りがそういうふうに現われたのかもしれぬ。いずれにしろ、先生が温顔をたたえておられても、私などは(かすかに)威圧されることが多かった。

　ところが坐って、少し酒をくみながら話をうかがっていると、先生のやさしさがおもてにいっぱい現われた。これも柔道の呼吸だろうか、こちらがどんな話をしても、先生はそれをやわらかく受け止められ、こちらの力に応じて、ご自分の話を展開された。決してこちらを投げとばされることはない。柔道の「受け身」というやつだろうか、先生の方からころんで、タタミを手でバタンと打って立ち上がる――そんなふうな話し方をされることもよくあった。

　先生の話はごまかしがない。知らないことを知っているように話されることは、まったくない。しかしじつによくものを知り、人を知っておられる。私は英文学関係の、過去の人、雲の上の人、名前のみ知っていて実体を知らない人の話を、先生からうかがうのがいつも楽しみだった。先生はたぶん、他人への評価や好みのはっきりしている方だったが、その人を傷つけるような話し方は決してされなかった。少し批判を含まれる時でも、「これは別の考え方もあるんだろうが」とか、「たまたまそうなったんだろうが」とかと、必ず限定を設けた上で話された。じつに公平だった。しかも話にメリハリがあった。

いつか、私たちの研究室の懇親旅行で房総半島へ行った時、私は車中で先生と同席する幸運を得た。私はシェイクスピアの対訳も出している沢村寅二郎氏のこと、有島武郎訳『草の葉』の岩波文庫版の編集もしている織田正信氏のこと、上田勤氏のこと、中野好夫氏のことなど、つぎからつぎへとおうかがいした。先生はすべて受け止め、「秘話」的なものもまじえながら、答えて下さる。まさに春風駘蕩、しかも時どき、目がきらりと光った。私は完全に時間を忘れていた。

こういう幸せな機会は、同じ職場に勤めさせていただいたおかげで、何度かあった。先生の東大ご退官後も続いた。

翻訳の名人、随筆の名人としての先生は、こういう座談の名人としての先生と一体のものだと思う。この頃だんだん「名人」がいなくなってきている。朱牟田先生のご長逝は、本当に悲しい。

☆**朱牟田夏雄**(一九〇六―一九八七年)　福岡県生まれ。東京帝国大学英文科卒。東亜同文書院、神戸商科大学、一高教授を経て、東京大学教養学部助教授・教授(一九四九―六七年)、中央大学、帝京大学教授を歴任。十八世紀イギリス小説の研究、翻訳で名高い。

中屋健一先生　私は助教授

中屋健一先生がまだ東大教授であられた頃、私が自分は中屋先生の講座の助教授だと語ると、多くの人が「たいへんですね」といってくれた。先生がおっかない方だということは、天下に鳴り響いていた。私に同情してくれる人のうちの何人かは、先生にどなられた経験がおありのようだった。

しかし私の場合、実情はまったく違っていた。私が中屋先生の助教授になったのは、斎藤光先生が教授に昇任された後をうけついだのだから、一九六三年、東大就職とほとんど同時だったと思う。それから中屋先生が定年で退職される一九七一年までの八年間、その地位にあったわけだが、私はどなられた経験どころか、ごく普通に叱られたことさえ、ただの一度もないように思う。

私はたぶん、先生と性格が正反対だろう。グズでノロマでズボラ、といわれても仕方ない面が多分にある。先生としてはずいぶん腹立たしい思いもされたと思うのだが、この無能な助教授を、先生は一貫して引き立てて下さった。中屋先生は亀井さんがよほど好きなのよ、と先生に近い人（女性たち）が一度ならずいってくれた。あんまりこまかなことを気にせず、のびのびした生き方を求める点では、私も先生の驥尾に付したい気持がいつもある。そんな点をめでていただけたのかもしれぬ。

私は先生のために何もしなかった。ただ先生の庇護下で勉強していればよかった。助教授というのは「教授を助ける」人ではなく「教授に助けられる」人のことだと思った。

いまちょっと記憶が不確かだが、一九六七年に、中屋先生はアメリカ科の主任をやめられ、私に後をつげといわれた。たぶん先生はほかの重要な役職につかれたからだったと思う。こういう時の先生の言い方は有無をいわせない。私はまだ三十五歳、ひどく若い分科主任になってしまった。そしてその翌年、東大紛争が起こり、やがて教養学科の建物も学生に占拠される事態となった。私はウロウロしているだけ。ところが、ほかの分科では教官と学生、あるいは学生同士の間で、コミュニケーションが成立しなくなってしまったのに、アメリカ科だけは分科のまとまりを保ち続けることができた。どう考えても、中屋先生が中心におられたからだ。ストライキが収拾した日、先生のおごりで(学生諸君もまじえて)駒場の小さな居酒屋で飲んだビールのうまさが忘れられない。

一九六九年、朝日新聞社が新聞配達の青年男女に船でアメリカ研修をさせようという「朝日洋上大学」なるものを計画し、私にも講師になってほしいといってきた。私は就職後一度もアメリカに行っていなかったので、大いに気が動いたが、「アメリカの文化社会」を一人で教える自信がなかった。それで中屋先生に是非いっしょに行って下さいとお願いしたら、快く承諾して下さった。朝日新聞社はもちろん大喜びだった。結局、二人してサンフランシスコからの帰りの船に乗り込み、日本まで二週間ほど授業をうけもってきた。毎晩、船のバーで偉い人たちと酒を飲めるのが楽しみだった。中屋先生がついていて下さるので、そういう人たちの間でもあまり気おくれしなくてすんだ。

この船に乗るため、サンフランシスコで先生にお会いした時のことも、いまだによく思い出す。アメリカは当時、まさに六〇年代の大変動の真っ最中で、七年ぶりに再訪した私には、見るもの聞くもの、みな驚異だった。性革命の進行ぶりも、文字通り目を見張らせた。

一カ月ほど一人旅をした後、サンフランシスコに着き、ユニオン・スクエアの前のマンクス・ホテルに中屋先生を訪れると、先生はビールを飲みにつれていって下さった。何となく入ったのが、当時流行のトップレス・バーだった。ピチピチした女の子がトップレスで跳ねて踊っているだけで、わいせつ感はまったくない。さりとて——先生には——格別おもしろくもなさそうだった。私はねばれるだけねばった。そしてもうこれ以上はねばれないという限度まできてようやくお伴して外に出た。と、すぐ近くにボトムレス・バーの看板が出ているではないか。「先生、ああいうのもありますよ」と私はいったが、先生は呵々大笑されただけで、次はさっさと伝統的なピルゼン・ビア・ホールへとつれていって下さった。

後になって先生は、「亀井くんにトップレスへつれていかれ、それからこんどはボトムレスに行こうというんで、まいったよ」と、よくいろんな人に話され、私をからかわれた。だが歴史家にふさわしく正確にいうと、前者は私の記憶では偶然に入ったのであり、後者はその存在に先生の注意をうながしただけのことである。しかしいまは、もうどこの盛り場にもああいうアッケラカンとした雰囲気はなくなり、その意味でもよい経験をさせていただいたと思う。

私は学生時代、教養学科ではなく文学部に進んだから、中屋先生に教室で習ったことはない。だが就職後、教室の外でじつにいろいろなことを教えていただいた。一九七一年、私は雑誌『諸君!』に「拝米と排米の歴史」という文章を書いた。コマーシャル雑誌にあらわれた、私のほとんどはじめての文章だった。中屋先生はそれを読んで下さり、内容については激励を与えられたうえで、しかしこういう一般向けのエッセイは最初の十行で勝負がきまる、その部分でいかに読者をひきつけるかという工夫をたっぷりするように、と注意して下さった。それはいま思ってもこの上なく貴重な教訓だった。

私は中屋先生の文章を読むと、いつもうまいもんだなあと思う。明快で、しかもめりはりが利いている。葉書一枚いただいても、達意の文章とはこういうものだとさとされ続けた。そういうことを通しても、先生から教わったことは無限に大きい。

一九七四年、先生はアメリカ学会会長に内定された夜、電話を下さり、自分が会長をする時は、編集委員長はきみだと前からきめていた、ぜひやってくれというお話だった。それは先生一流の、人を動かす話術かもしれない。しかし定年退官後何年かたたれても、なおこの助教授を引き上げて下さろうというお心と、私は感じた。そして大いに不安だったけれども、感激して引き受けた。

中屋先生の思い出はつきない。私には徹底してやさしく、温かく、親切な先生だった。私は先生の助教授となったことが、私の人生の幸運の一つだったたと思う。先生は晩年、相変わらず辛辣なことを口にはされても、私には好々爺そのものに思われた。学会とかアメリカ科の卒業生歓送会などで先生にお目にかかると、心が暖かくなり、はずんだ。

☆**中屋健一**（一九一〇－一九八七年） 福岡県生まれ。一九三三年（昭和八年）、東京帝国大学西洋史学科卒。同盟通信（現、共同通信）記者、渉外部長を経て、東京大学教養学部助教授・教授（一九七一年まで）、成蹊大学、京都外国語大学教授を歴任。東大教養学科アメリカ科で「厳格な原書多読主義で学生を指導」（『現代日本朝日人物事典』一九九〇年）、日本におけるアメリカ史研究に大きな貢献をしたことは有名。

氷上英廣先生　内村鑑三流のユーモリスト

氷上英廣先生がお亡くなりになって、あまりにも急なことで驚くとともに、深い悲しみにとざされています。

先生からこうむったご恩がつぎつぎと思い出されてきて、胸が一杯になります。

私は昭和二十六年、田舎の高校から出てきた時、東大教養学部で先生のご担任のクラスに入るという幸運に恵まれました。先生は現在の私より十歳以上若かったはずですが、お人柄も学識・見識も、いまの私など及びもつかぬ大先生でした。

先生はいつもすずしい声でおだやかに語られますが、ご自分の考えははっきり述べられました。あるコンパの折、ちょうど行なわれた皇太子殿下の立太子式について、生意気ざかりの私があんなものはつまらんと申しましたところ、先生がきらりと光る目をこちらに向けられ、衣冠束帯の美の精神的価値についてるる説いて下さったことを、いまもはっきり覚えています。そういうお話が、私には一種の文化的開眼でした。

私は本郷の文学部英文科に進み、いったん先生とお別れしたのですが、謄写版刷りのきたない同人雑誌などお送りしても、親切に読んで下さいました。D・H・ロレンスの「死の船」という詩を訳してのせたところ、ロレンスの詩もよいが、同じテーマのニーチェの詩（たぶん「秋」だったと思います）の方が自分はもっと好きだ、といった感想を下さったことなどを、いまだに忘れられません。率直で暖かいご批評を、先生はよくたまわりました。

やがて私は駒場の教養学部に職を奉じ、先生のずっと後輩の同僚となることができました。研究室の内外で先生のおそばにいられることが、どんなに喜びだったか。私は気が小さく、偉い先生方のお宅を訪ねる勇気はあまりないのですが、氷上先生のお宅には学生時代から何度もお邪魔に上がりました。先生の駒場ご退官後でも、武蔵大学の友人たちをまじえ、「氷上パーティ」と勝手に称して押しかけました。ご馳走をいただきながらお話をうかがう——あつかましいことですが、まさに至福の時でした。

先生はドイツ文学者、比較文学者であられると同時に、哲学者であられ、駄弁は弄されません。時どき辛辣なことをおっしゃいます。しかしまた、常に快い笑いをともなわれ、私は先生を稀に見るユーモリストとしても敬愛しています。東大比較文学会三十周年記念会のパーティで司会をし、先生にスピーチをお願いした時も、そういう趣旨のことを申し上げました。内村鑑三には、マーク・トウェインのようなユーモリストの面があったと聞きます。氷上先生は、内村鑑三よりずっとやさしいお人柄ですが、内村鑑三のようなユーモリストの面がおありでした。

氷上先生には、『内村鑑三全集』全四十巻（岩波書店、一九八〇-八四年）の編集の仕事でもご一緒して、ご指導をいただくことができました。この編集委員会は、よい意味で内村鑑三流に、安易な妥協を斥けられる人たちが集まり、時どき鋭い意見の対立がありましたが、そういう折も、氷上先生のおかげで嬉しい和合にいたったこと、しばしばです。

いまこうして、こんどは永いお別れをすることになってしまいましたが、氷上先生への思いはつきません。私はいつまでも先生を思いながら、先生から得たものを大切に育てていきたいと思います。まずよい人になり、それからよい学者になりたいと思います。

先生、有難うございました。さようなら。

（右は一九八六年九月一七日、氷上先生ご急逝の翌日、先生のお宅におけるお通夜の席で、先輩諸氏の驥尾に付して述べた感話を記憶の限り忠実に再現したもの。意あまって言葉足りない思いですが、とっさの正直な感想ですので、追悼の文に代えさせていただきます。）

☆**氷上英廣**（一九一一-一九八六年）　東京生まれ。一九三三年（昭和八年）、東京帝国大学独文科卒。甲南高校、一高教授を経て、東京大学教養学部助教授・教授（一九五〇-七二年）、武蔵大学教授を歴任。ニーチェ研究の第一人者。

神田孝夫さん　わがコーチ

神田孝夫さんが亡くなられて、私の心の中に大きな穴があいた。それだけではない。生活にも穴があいた感じで、時々、淋しさに堪えられなくなる。神田さんを憶う文章を書けばその穴がいささかでも埋まるかしら、と机に向かうのだが、うまく言葉が出てこない。憶うことが多すぎるのかもしれない。

昭和三十年（一九五五年）春、比較文学比較文化の大学院に入って早々のことである。何かの用事で、新入生一同、教室に集められて待機しているところへ、神田さんが出てきて順ぐりに皆の名前を呼んだ。神田さんは助手として就任したばかりの、いわば初仕事だった。はじめは少し緊張を含んだ低い声であったが、やがて朗調《ソノラス》な響きになり、呼び終わると破顔一笑した。よくこの学科に入ってきたね、といった感じが全身にあふれていた。どういうわけか、私の記憶には、この時の神田さんが強く焼きついている。

それ以来四十余年、私は神田さんを自分の学問上のコーチとしてきた。神田さんも、私たち後進を指導することをみずから買って出られたところがあるように思う。少人数の酒席で酔って機嫌よくなられた時など、「ぼくはね、君らのコーチャー（という言葉を神田さんは使われた）であろうと努めているんだ」と、楽しそうにおっしゃっていた。そして実際、じつによく私たちそれぞれの状況を理解し、具体的な助言を与えて下さった。

神田さんが私たちの主任教授・島田謹二先生の台湾時代の秘蔵っ子であったことは、すぐに知れわたった。しかしご自分から学識をひけらかすことはまったくなかったので、私など鈍才には、かなり長い間、とっつきやすいが正体不明の兄貴分だった（年齢は私より九歳上である）。だが少しずつ、その学識を感じとっていたに違いない。やがてハッと気がつくと、私は神田さんが学問上の知識と見識において、まことに稀有の人だという確信のようなものを得ていた――ご本人は村夫子然と振る舞われ続けていたのであるが。

私は大学院の博士課程三年生の時に、三年間、アメリカに留学した。その間に島田先生は定年退官されていたが、帰国すると、しばらく休刊していた『比較文学研究』復刊の仕事を神田さんと協力して行なうようにという、先生のご命令が待っていた。資金の関係で印刷を府中刑務所に頼んだので、私は神田さんのお供をして、何度もその刑務所に足を運んだ。炎天下を二人してテクテクと歩いたことを思い出す。しかし、その帰途、必ず、神田さんのおごりで酒をくみながら、いろいろ話をうかがう楽しみがあった。私は東大の専任講師になり、神田さんはいぜんとして助手だったから、形式上の地位からいうとおかしなものだったが、私は神田さんの特待生になったような気分で嬉しかった。

『比較文学研究』の第七号(一九六三年)、第八号(一九六四年)は、このようにしてできた。ただし、神田さんは、こういう時にも決してご自分をおもてに出されない。神田さんのご命令で、「編輯後記」は私が書いた。復刊三号目の第九号(一九六五年)からは、ヨーロッパ留学から帰国された先輩の芳賀徹氏や平川祐弘氏が編輯に参画され、やがて小堀桂一郎氏が長い間この雑誌の編輯で中心的な役を荷なわれるようになった。

神田さんは一九六四年に東大を去り、東洋大学の教職につかれた。それでも、私の神田門下の特待生待遇は続いた——いや、私はますますどっぷりと神田さんのコーチに浸った。島田先生のご指示もあって、私は博士論文を書き出していたが、ほとんど毎週一回、神田さんにお会いして、それについての指導を得たのである。といっても、『近代文学におけるホイットマンの運命』というテーマは、さすがに神田さんの得意の分野ではない。行きつけの小さな飲み屋に入り、盃を傾けながら、私が目下の進捗状況やら、これからの構想やら、いまかかえている問題点やらを話す。それに対して、神田さんは直接的、あるいは間接的に、ご自分の意見をいって下さる。それがいつも(例外なく)じつに的確な助言になっており、私は感嘆し、感謝した。そのくせ、私にも自分本位の姿勢があって、せっかくのご助言とぜんぜん違う方向に論文を展開させ、次回、それについて語る。神田さんはまったく腹を立てることなく、辛抱強く耳を傾け、また意見をいって下さる。そんなことが何年も続いた。しかもそれが、毎回、たいてい神田さんのおごりで終わるのだった。

神田さんがくり返し語ったのは、文学研究における研究者の魂の生かし方、あらわし方だった。又聞き的な情報を誇示したり、かいなでの方法論を衒うたぐいの研究を神田さんは軽蔑し、時には痛罵もした。本当の研究には、自分の存在とその表現が生きていなければならないというのだ。それは島田先生の教えでもあったが、飲み屋の神田塾では、そのことが私の論文に即して具体的に説かれた。論文は一九六八年にようやく仕上がった。その出来栄えはともかくとして、そこには神田さんの知恵と厚意がしみ込んでいる、と私は思う——やはり、目に見えぬ形でだが。

神田さんへの感謝を、このように書き綴っていくと切りがない。もちろん、学問を離れて楽しい思い出も無数にある。青柳晃一、小野二郎、高木良男、その他の諸君と、あちこち飲み歩いた姿は、いまも——ところどころは細部まで——思い浮かぶ。岐阜県の田舎の私の郷里に遊びにきていただいた時には、飲むほどに食うほどに朗らかな笑い声が高まって話題がひろまり、一夜、深更にまで及んで父はびっくりしたものだ。

一九七三年、私がニューヨーク州のポーキプシーという町で研究していた時も、神田さんは珍しく海外旅行をして訪ねてきて下さった。ニューヨーク空港まで迎えに行くと、片手に小さな布袋をぶら下げただけで、飄然と姿を現わされた。ほかに荷物は何もなく、『カバンひとつでアメリカン』などという本をあらわすほどに身軽な旅を愛する私も、驚嘆した。ポーキプシーに何泊かしていただいた後、ボストン、コンコード、フィラデルフィア、ワシントンとめぐったバス旅行は、いまも記憶に新しい。

私も神田さんのお宅によく出かけ、神田さんが独身の気楽さもあって、しばしばそのまま泊まりこんでしまったものだ(一つ布団に一緒に寝させていただいたこともある)が、神田さんもよく拙宅に来て、泊まって下さった。妻も神田さんを歓迎していた。しかし、彼女が癌を患ってからは、神田さんは遠慮してあまり泊まられなくなった。野人のように振る舞われながら、心遣いのこまやかな人だったのだ。一九九〇年の夏に妻が亡くなった後、知友の方々が出して下さった彼女の追悼文集に、私はあつかましくも神田さんのご寄稿をお願いした。神田さんは二つ返事で応じ、依頼の枚数をはるかに越える玉文「亀井規子さんと私」を寄せて下さった。私たち三人のつき合いの歴史をふり返りながら、私たちに対する暖かい情愛をしみじみと綴って下さっていた。その神田さんもいまは亡く、私はひとり取り残されているわけである。

私はこの文章で、神田さんの学問上の業績を、私なりに述べようと思っていた。しかし、考えてみると、私の手に余ることである。神田さんの学問は和漢洋、しかもその洋は英米独仏から更にその周辺に及んで、海のようにひろがり、私はそこに浮かびただよう小舟なのだ。私はまったく別の面から、私の情けなさの告白と合わせて、ただ一つのことをここに記しておきたい。

『近代文学におけるホイットマンの運命』が思いのほか暖かく迎えられたせいか、その版元から、「未来志向型の比較文学書」の編集を慫慂された時のことである。まだ若くて意気込むところもあったのだろう、私は先に名をあげた先輩や友人たちに協力を仰いで、『現代比較文学の展望』と題することになる本を編集した(いまは『現代の比較文学』と題して講談社学術文庫に入っている)。その時、私が心中、最も頼りにしたのは神田さんだった。瑣末な方法論議でなく、まさに魂の表出としての文学研究のあり方を問うものにこの本をしたくて、私は神田さんに「比較文学の思想」とでも題する序論を書いて下さることをお願いしたのだった。

神田さんは快諾して下さった、と私は思った。少なくとも拒絶はされなかったので、私は勝手にそう思い込んだのかもしれない。しかし、ほかの原稿がぜんぶ揃っても、神田さんの原稿はいただけなかった。やがて催促がましいことをいうようになり、ついには切羽つまって、激しく迫るような挙にも出た。そのつど、神田さんは「ふーむ」とうなるような声は出されたが、拒否はされない。だが原稿は出ない。数カ月だってとうとう私はあきらめ、急遽、アメリカ留学中にお近づきを得たA・O・オールドリッジ教授と行なった「比較文学の問題と展望」と題する対談筆記で穴を埋めたが、当時の私には、神田さんが大きな謎をかかえて見えたことは否めない。

いまから想像すると、神田さんは私の意図に同情し、書いてやろうという気持になられたのだが、「比較文学の思想」などという抽象的にならざるをえない議論に、それこそなかなか魂が入らず、苦悩され続けていたのかもしれない。神田さんは日常、磊落な人柄だったが、学問的には細心で、時には完璧主義の面もあったのだ。しかし、「ふーむ」といううめき声は発しても、ついに自分の心情を弁解なさることはなかった。手塩にかけて育てた若輩が責めるようなことをいってきても、黙って堪えておられた。サムライだった、といま私は思う。

神田さんの書かれた論文は、これだけの偉大な(と私は思う)学者にしては、決して数多いとはいえない。しかし考証の周到さと、見識の高さとがあいまって、どれも豊かな内容をたたえている。おまけに、平談俗語に近い独特の文体も生み出され、親しみ深く読める。高邁さと野性の混じりあった学問世界である。

晩年、神田さんは頑健を誇られた体が病を得、とくに歩行に困難を覚えるようになられた。しかし私が見舞いに訪れると、必ず近くの飲み屋に誘い、相変わらず酒をふるまわれ、四方山話に興じながら、それとなくコーチをたまわっていた。昨年の春風のころだったろうか、そのようにして歓談が果て、店からお宅へ一緒に帰る途中、不意の強風に神田さんはよろけ、二、三メートル泳いで倒れた。「吹けば飛ぶよな、って奴だね」と、神田さんは起き上がりながら呵々大笑された。神田さんの精神には、じつは吹けども飛ばぬ強固なものがある。それをわきまえた上での、肉体の衰えへの一見自嘲的な言葉であったと思う。私は大笑しながら起き上がるその姿に勇士を感じた。それから何カ月か、私は自分に生活上の混乱があり、しばらくお会いしていないうちに、神田さんのたった独りの死の報に接することになってしまった。

島田謹二先生は、最後まで学問上の勇士だった。神田さんも、孤高の生活と学問の両面で、勇士だった。この人のコーチを四十年以上もうけ続けながら、いま私は、ほんの少しでも勇士たりえているか。心の中の穴をもてあまして、文章もいまこのように「吹けば飛ぶよな」有様では、何とも情けない。せめてこの情けなさを呵々大笑する精神をもって、勇士たちの余徳を自分の中に生かす努力をしたいと思うこと、しきりである。

☆**神田孝夫**（一九二三－一九九六年）　京都生まれ、台湾で成長。兵役と第二次世界大戦後の混乱があって一九五一年（昭和二十六年）東京帝国大学美学美術史学科卒。東京大学大学院比較文学比較文化専門課程助手（一九五五－六四年）、東洋大学助教授・教授（一九六五－九四年）を歴任。日本における比較文学研究の推進に大きな貢献をした。

神田孝夫遺稿集『比較文学論攷』について

神田孝夫さんの遺稿集『比較文学論攷――鷗外・漢詩・西洋化』が、明治書院から上梓された(二〇〇一年十二月二日)。私は編集委員会や刊行会の代表の一人という形になったが、本書は神田さんを敬愛する多くの方々の熱意の結晶であり、献身的な協力の産物である。神田さんの人と学業は、「はしがき」にこう述べられている。

神田孝夫先生が亡くなられて五年余りになる。先生はその学問上の師からも、友人からも、また多数の後輩や教え子からも、ひとしく敬愛される方であった。先生の遺稿集刊行を待ち望む声は年々たかまるばかりであった。本書はその思いにこたえるべく編集刊行するものである。

神田孝夫先生は一九二三(大正十二)年、中国学者として令名高い神田喜一郎教授の二男として生まれ、日本の植民地であった台湾で成長、幼少の頃から秀才の名をほしいままにし、台北高等学校(旧制)在学中から比較文学研究の先駆者である島田謹二教授の薫陶を受けられた。一九四二年、東京帝国大学に入って美学美術史を専攻され、兵役や戦後の混乱の中で苦労されたが、一九五一年に卒業、一九五五年、島田謹二教授を主任とする東京大学大学院比較文化専門課程の専任助手となられた。それからの先生の、島田教授を補佐し、研究室を運営し、院生たちを指導し、この学問の発展につくされた努力と業績は、先生を知るすべての者の讃仰を集め、いまでは先生を直接知らざる者の間にも伝説と化している。一九六四年以降は東洋大学に移り、講師、助教授を経て教授となられ、一九九四年の定年退職まで、外国語主任、英米文学科主任、大学院文学研究科委員長などの要職を歴任、多くの秀れた後進を育てられた。この間、先生はご自身の秀抜な論文によって、学界を瞠目させ続けた。体軀は大ならざる先生であったが、学者としても指導者としても巨人であったというべきだろう。そして一九九六(平成八)年、長逝されたのである。

　神田孝夫先生の学識の広さ、深さには、ほとんど測り知れないものがある。先生の著作は決して数多いとはいえないが、どれも珠玉の輝きを放っている。先生は酒を好まれ、磊落なお人柄で、時に豪放になられることもあったが、学問的には細心で、完璧主義をにじませられることもある。文章はしばしば平談俗語を楽しむ風も見られるが、基本的には高雅で、品位を失わない。そして考証の周到さや見識の高さで読む者を驚嘆させる。そのくせ、鋭い筆鋒で論争をいどまれることもある。先生の論考には、重厚にしてしかも多彩な学問世界が展開しているといえよう。

私どもは神田孝夫先生のそういう著作の中から、学術的論文の精華と信じるもの十六篇を選りすぐり、その主題に従って、「若き鷗外」「日本人の漢詩」「西洋化と日本の伝統」の三部に分けて配置、先生の「年譜」と「著作年表」を付して、この偉大な先達の学問をしのぶよすがとすることにした。本書が広く学界に資すると同時に、先生の学徳を長く後世に伝えるものになることを信じて疑わない。

神田さんを失った私の虚脱感は、いまもなお大きい。神田さんよ、せめてあなたと酒酌み交わしながら学問を語り合ったさまざまな時の情景を思い起こし、そしてこの本のはしばしをもわがコーチとしながら、心の底のおしゃべりを続けさせていただきますよ。

翁久允氏　「移民地文学」を主唱

翁久允《おきなきゅういん》氏が長逝されたしらせを受け取り、驚き悲しんでいます。

私は本年二月上旬からアメリカに来ており、家人からの連絡が遅れたのです。アメリカに来た目的の一つに、日本人アメリカ移民文学の研究があります。この研究の中心主題となられる方に、もちろん翁久允氏がおられます。それで家人にも、刊行中の『翁久允全集』を御送本いただいたらすぐこちらに送るよういってまいった次第でした。

私が翁久允氏にお目にかかったのは、一九七〇年十一月のことです。ヨネ・ノグチの研究をしている友人と二人でお邪魔に上り、私は一面識ない研究者にすぎないのに、夕食を御馳走になり、お酒までよばれながら、アメリカ時代の思い出や、移民地文学の話などを、夜おそくまでうかがいました。その晩は近所の旅館で泊まり、翌朝また早くおしかけて、昔のスクラップブックなどを見せていただきました。そしてお宅の前で写真を撮らせていただいておいとましたのですが、こうしてたった一度お目にかかった方が、私の心にはその後ずっと大きな存在として生きています。目が鋭そうでやさしく、御意見も激しさと穏やかさが適度にまじって、まことにめずらしく若々しい高徳の長者がおられるものと深く感じいったしだいでした。

その後、私は自分でも翁氏の著作を少しずつ集め出したのですが、『全集』が出はじめ御恵投いただいて、文字通り再読しているしだいです。まとまった翁久允論を書きますと、氏に手紙で申し上げたこともありますが、約束を果たさないうちに長逝されてしまったことは、痛恨のきわみです。私にはそれをすることが御恩に報じる私の第一の道のように思われるのです。

翁久允氏の多方面な業蹟は、やがて『全集』の完成とともにさらにいっそう明らかになることでしょう。私はその業蹟のほんの一角に心ひかれて氏に接しはじめた者ですが、しだいに氏の巨大さを感じとるようになってきています。いまは稀有にして偉大であった氏の御遺徳を、はるか海をへだてた、しかし氏の曽遊の地でしのびながら、思いがけなかった急な別れに、ただ胸ふさぐ思いでいるしだいです。

（一九七三年夏、ニューヨーク州ポーキプシーにて）

☆少し説明を加えておきたい。翁久允氏（一八八八―一九七三年）は、一九〇七年（明治四十年）、十九歳で渡米し、シアトル、サンフランシスコあたりで苦しい移民生活をしながら創作にはげみ、「移民地文学」を主唱した人である。一九二四年に帰国し、朝日新聞記者をしたが、晩年は富山市に住み、雑誌『高志人』（高志は越に通じる）を刊行、郷土文化研究や仏教中心の宗教活動につくした。私はヨネ・ノグチ（野口米次郎）に対する関心から翁氏の存在と活動を知り、比較文化の観点からその著作に親しみ出したのだった。そして南雲堂の雑誌『不死鳥』(一九七〇年十一月)に、コスモポリタニズムとナショナリズムの間に揺れる翁氏の文化意識を中心にしたエッセイ「比較文化の可能性」(後、エッセイ集『アメリカの心　日本の心』一九七五年に収録)を書いた。翁氏を訪れた時、この雑誌がすでにできていて差し上げたかどうか、まったく記憶がない。八十二歳くらいであられたはずだが、悠然と酒をのまれていたお姿は、はっきりと記憶に残っている。『翁久允全集』全十巻は一九七四年に完結した。

長沼重隆氏　ホイットマン研究の恩人

長沼重隆氏は、詩人ウォルト・ホイットマンの研究の大先達という意味では私の「先生」であり、直接お教えをいただいたりお世話にもなったという意味では私の「恩人」である。しかし、日本とアメリカとの文化的交流や衝突のあとをさぐろうとしている私には、氏はまた「歴史上の人物」であり、この場合には、敬称ぬきの長沼重隆その人に私は取り組まなければならない。長沼先生の退官を記念し学恩に謝するこの一文に「氏」という一般的な敬称を用いるのは、私の立場のそういう複雑さによる。

じつは、私は長沼重隆（敬称ぬきの歴史上の人物）をかなりの紙数で論じたことがある。それは『近代文学におけるホイットマンの運命』（一九七〇年刊）という学位論文中、昭和の日本人がホイットマンをどう受け入れ、あるいは斥けてきたかを扱った章においてである。だが、この論文を本にする時、私は昭和の章を全部はぶいてしまった。あまりにも本が膨大になったし、昭和の部分は資料的にも思想的にも自分の準備がまだ十分でないと思ったからである。この部分は、いずれ書き改めて、世の批判を得たいと思う。しかし、どのように書き改めても、長沼重隆氏がその章の最も重要な人物であることに変わりはないだろう。長沼氏こそ、昭和の日本におけるホイットマンの翻訳、紹介、研究、名声、影響などの原点をなした人であった。

いま私はアメリカの小都市に住んでいて、長沼氏に関する資料をぜんぜん手許にもっていない。そのため間違いだらけ、抜け穴だらけのことをここに書くと思うのだが、こういう書き方にも一つだけ利点がある。それは氏の功績の意味が、日本で資料に埋もれている時よりも、もっとあざやかに眼前に思い浮かんでくることだ。

たしか大正の末期のことだったと思う。長沼氏と日夏耿之介氏とが論争をしたことがある。日夏氏がなにかの文学講座にホイットマンについて書いた。だがそれはホイットマンについての知識に乏しく、たとえば不適切な参考書や、限定出版の稀覯本などを、日本の読者に推薦したりしていた。長沼氏はそういう点をついて、日夏氏を批判した。日夏氏の反論は、「長沼文章を読む」

というふるった題だったと思う。寿岳文章氏のお名前がすぐに思い出されて、思わず笑えてくるような題だが、日夏氏としては、多分この傲然たる題に長沼氏を一蹴し去る態度をあらわそうとしたのであろう。私は一般的にいって、日夏氏のこの倨傲なポーズに一種の魅力を感じる。しかし、この論争は日夏氏の完全な負けだった。誰があらゆる本を読んだあげくに参考書やテキストを推薦するものか、というような反論を氏はしていた。ところが長沼氏は、ホイットマンについてあらゆる本を読み、正しく適切な文献紹介をする準備ができていたのだ。

この論争の背景には、私は当時の詩壇の動きがあったように思う。大正の初期から詩壇に出てきたいわゆる民衆派詩人は、ホイットマン、エドワード・カーペンター、ホレス・トローベルなどの英米詩人を手本とした。日夏氏はこれに対抗するいわゆる芸術派の最も芸術派的な詩人で、これら自由詩人を非詩的なものとして軽侮していた。両派の確執は激烈をきわめたが、結局、大正の末期には、日本人の伝統的心情により近い芸術派が勝利を収めたといえよう。それとともに、一時おおいに流行していたホイットマン熱も、世間的には急速に冷えてしまった。その時、長沼氏が登場してきたのだ。氏はもともとトローベル（ホイットマンに心酔した社会主義的詩人）の影響で『草の葉』の作者に接しだした人で、民衆派的なものへの同情があったに違いない。しかし氏は、民衆詩人ホイットマンの上っ面な讃美をまたくり返すようなことはしなかった。氏はいわば学問のレベルで、日夏陣営の弱点を突いてみせたのだ。

この論争は、ホイットマンの紹介の仕方をめぐって行なわれ、内容的な面まで立ち入ったものではなかった。しかし私は、これは日本におけるホイットマンの運命の転換期を象徴する出来事だったと思う。従来の詩人や作家による印象本位のホイットマン移入（ないし排斥）から、事実に忠実で客観的なホイットマン紹介が、これからなされるようになったのだ。そして長沼重隆氏こそ、その中心者だった。

興味深いのは、この長沼氏が、じつは日夏氏などと違ってアカデミックな大学教育をうけた形跡がないらしいことである。もし私の理解と記憶に間違いがなければ、氏は明治四十一年頃、たしか十八歳くらいの若さで渡米され、邦字新聞の記者や郵船会社の社員をされたはずだ。十八歳というのは、常識的にいってまだ右も左も分からぬ時期である。そして外国生活というものは、どうしても人間の平衡感覚を狂わせる。（これは私自身、なんどかアメリカ生活を体験し、またアメリカにおける日本人と接して痛感している事実だが、日本人の地位が低かった二十世紀初頭にあっては、その傾向はさらに強かっただろう。）とくに長沼氏の場合、渡米前は『明星』を愛読し、ウィリアム・ワトソン、アーサー・シモンズ、イエーツなどにあこがれていた、一種の「芸術派」青年であったらしいから、トローベルやホイットマンへの傾斜までには、かなりの内的動揺があったと考えられる。これらさまざまなことを総合してみると、氏のホイットマン熱に一種のいゆがみがあって当然である。ところが、じつのところ、氏は日本のアカデミズムに育った学者たちを完全に凌駕する調和ある見識と学識をもったホイットマン研究を、ぞくぞくと発表しだしたのだ。しかもアカデミズム学者に乏しい全心傾倒の熱気もあった。これはいったいどういうことなのか。日本のアカデミズムの程度の低さを証明することなのか、それとも長沼氏になにか例外的な能力が備わっていたのか。

ともあれ、長沼重隆氏が昭和以後の日本のホイットマン紹介や研究の中心にあったというのは、単に多くの翻訳や論文を発表されたということではない。その質が断然すぐれていた。昭和初期に出版された翻訳『草の葉』は、有島武郎訳『ホヰットマン詩集』以後の最高の訳詩集であり、同じ頃に出た論文集『ホヰットマン雑考』は、人としてのホイットマンのさまざまな面を多角的に扱った前人未踏のものであった。さらに当時、多くの雑誌に連載されたまま未完に終わった「ホヰットマン評伝」は、世界のどこに出しても恥ずかしくない詳細精確なものであった。氏の文章がまたすぐれていた。流暢さとか華麗さとかはなく、読者を興奮させたり陶酔させたりするものではない。しかしけれん味がなく、地味ながら説得的で、堂々としていた。（まさに「長沼文章を読め」だ。）つまり一言でいって、長沼ホイットマンは見事な正攻法の産物であった。

そして氏は、昭和二十五年、ついに歴史的な全訳『草の葉』を完成された。これが大変な偉業であることは、ホイットマンの原文に接した人ならすぐに分かるだろう。この翻訳にも、ごまかしじみたものが一切ない。難解で曖昧な表現の多い原詩と四つに組んで、必ず氏の解釈を経た上で、きわめてオーソドックスな日本語に移しかえた。氏は日本人にホイットマン詩の「意味」を分からせることを眼目とされたようで、そのため「詩味」は犠牲になっているように思う。しかしこの大業によって、『草の葉』ははじめて全体的に日本人のものとなった。

私は時々、長沼重隆氏をフランスの『草の葉』全訳者で『ホイットマン――人と作品』(一九〇八年)の著者たるレオン・バザルジェットと比較したくなる。世界のホイットマン研究者で、バザルジェットの名を知らない人はいない。しかし、彼が早く亡くなったせいもあるが、ホイットマン学者としては、長沼氏の方がはるかに上だと自信をもっていえる。翻訳者としても、バザルジェットは英語からフランス語へ移すという比較的楽な位置にあり、時に『草の葉』を原詩以上に「詩的」にもなしえているが、時には原文の難解な個所をそのままフランス語に移してすましているような点もあって、困難さを背負っての長沼氏の訳業はそれに比べて毫も遜色がない。だがバザルジェットは、ちょうど第一次大戦後のホイットマン・ブーム時代に会い、また周辺にはジュール・ロマン、ヴィルドラック、デュアメルなどの「一体派」詩人作家がいて、その「詩的」要素で直接的に訴えることができた。ところが長沼氏の時代は、先に述べたように、民衆派がすでに後退期で、ホイットマンは詩壇から無視されはじめていた。氏は、従って、ホイットマンの「詩的」要素を直接的にふりかざすよりも、むしろ一種の啓蒙家的立場に立って勝負せざるをえなかったように思う。これは芸術家としての氏には損なことだったに違いない。しかし氏はこの役割を見事に果たされたのだ。

私は先に、敬称ぬきの長沼重隆と私は取り組まなければならないと述べたが、それは氏へのおべっかでも、また批判でもなく、ほとんど歴史の必然だと思う。この問題にいま深入りする気はないが、私など戦中戦後に育った者は、いやでも人間や人間の文化の卑小さへの認識を出発点にしてホイットマンを見る傾きがある。端的にいえば、ホイットマンの人間讃美などをとても文字通りには受け止められず、さまざまな曲折を経た後に、ようやく理解と同感にいたりうるのだ。この点、長沼重隆氏の(あるいは氏が代表する人たちの)ホイットマンは、明治大正人的なおおらかさに裏うちされたものだと私は思わざるをえない。

だがまたふりかえって自分と自分の周辺の仕事を見る時、深い疑惑におそわれることがある。知能だけでホイットマンの内部構造を強引に組み立てたり、感覚だけでその言語構造を論じ去ろうとしたり、またあまりにも自己に引きつけてホイットマンを卑小にしたりする傾きが、ないとはいえないのだ。そういう危険にはっと気づく時、いま取り組もうと思っている相手の長沼ホイットマンが、なんと偉大に見えることか。それは一個の巨人に対する一個の人間の全的な献身の所産であり、誰がなんといおうと生きているのだ。この問題はなにもホイットマン研究だけに限ったことではない。私たちの文学研究一般が、いまやこの「全的」なものを失い、気の利いたげな用語、表現、思想をふりまわすディジェネレーションにおちいりつつありはしまいか。長沼重隆氏のホイットマンは、そういう反省をも私に与えてくれる。

私が長沼重隆氏にはじめてお目にかかったのは、もう十四年前、一九五九年の初夏の頃だった。私はまだ大学院の学生で、最初のアメリカ留学の直前だった。新潟の（まだ地震前のアパートの）お宅をたずねると、氏は小鳥とともに住んでおられた。小柄な方なのがなんとなく意外で、心中驚いたことをおぼえている。いまは甲南大学に移ったと聞く氏のホイットマン蔵書をつぎつぎと見せていただき、その晩はとうとうお宅に泊まりこんでしまった。氏はトローベルの娘のガートルードさんに、紹介状まで書いて下さった。（もっとも、私は貧乏留学生だったため、遠隔の地のガートルードさんをとうとう訪問できず、氏と小鳥の写真だけお送りしたところ、たいへん喜ばれたお返事がかえってきた。）

それから、三年前の晩秋にまた氏をお訪ねした。この時は先に述べた『近代文学におけるホイットマンの運命』という本を出した後で、氏の所説とかなり違うことも述べているので、恐る恐るの気持があったが、お叱りどころか激励をうけ、おまけに美酒をたまわってすっかりいい気分に酔い、なんだか気焔をあげてしまった。

今秋、帰国したらまた早速お目にかかりに行くつもりでいる。じつは氏のご退官のことなどつゆ知らず、日本を出発する前から、秋には参上しますとまことに気楽にお便りしていたのだ。「先生」で「恩人」で「歴史上の人物」に、勝手な批判をしながら、このように甘えていられるのも、同じ詩人を愛し学ぶえにしからだと思うと、文学というもの、学問というものの不思議さ、有難さを痛感させられ、先に述べた人間の卑小さということも迷妄ではないかとさえ思われてくる。

（一九七三年六月、ニューヨーク州ポーキプシーにて）

☆右は長沼重隆氏（一八九〇―一九八二年）が県立新潟女子短期大学を退官された時、同大英文学会発行の雑誌『みゆうず』の記念号に寄せたもの。私はこの後、機会あるごとに、新潟で独居される長沼さん（ともうふだん呼んでいたように呼ばせていただく）を訪れた。そのうちに、ご病気のお手紙をいただいたりして、しばらく訪問を遠慮していた一九八一年の夏頃、長沼さんから小さなダンボール箱が一つ、また一つと送られてきた。長沼さんはホイットマン関係の蔵書を甲南大学に寄託された（それはいまも同大学に長沼文庫として所蔵されている）が、そこから漏れたと思われる何冊かの古書が入っていた。もちろん貴重書である。が、最後の一箱を開いて、さらに粛然とした。ホイットマン関係の写真を多く含むお手製のアルバム一冊と、ご自身の若い頃からの新聞雑誌に寄せた著述のスクラップブック、題して「抜萃帖」四冊が入っていたのだ。長沼重隆さんの文筆家としての長い生涯のエッセンスが、ここにはつまっている。それを私に委ねられたのだ。こうして、長沼さんは入院生活に入られた。私は二度ほどお見舞いに参上した。長居ははばかられたが、静かなお声で、いぜんとしてホイットマンへの情熱を語られていた。そしてとうとう亡くなられた。私は委ねられた長沼さんの「エッセンス」をどのようにかして生かすという自分のつとめを、まだ果たしえてないでいる。

布村弘さん　知情意の揃い踏み

布村弘さんがはじめて私の研究室に現われたのは、一九八五年の初秋であったと思う。すでに富山大学の平田純教授から、このたび半年間の内地留学の資格を得た布村さんを、私のもとで研究させてもらえないかというご照会があり、平田先生のご推薦ならと、私は否応なくお引き受けしていた。そのじつ、たいして期待してもいなかった。それまでにもこの種の制度を利用して研究室に来られる人はいたけれども、名目だけで実態のともなわない傾きがあった。だが、布村さんはまったくそれと違うことがすぐに分かった。

布村さんは私より三歳若いだけだ。早生まれだから、学年としては二年違うだけかもしれぬ。しかし緊張した、真剣な面持で私の前にすわられた。ひとかたならぬ痩身だ。彫りの深い顔で、目が光っている。話に熱がこもると、かすかにからだを揺すられる。といって、立板に水の話し方ではない。ご自分の研究歴やこれからの抱負が話題の中心であったわけだが、あくまで慎み深く、こちらの反応を確かめながら話を進められる。学識など、いささかも強調されないのだが、にじみ出てくる。私の本をじつによく読んで下さっていることも分かってきた。やがて、内にひめておられるらしい文学やその研究への情熱が、快く、姿を現わしてくる。羞恥を含んだ笑い顔もよかった。

私は、この人は本物だ、とひそかに思った。そして好きになった。しかし私は、布村さんに教えることができるものは何もないといった。実際、研究の専門領域についていえば、二人が重なるところは少ないのである。ただ、私のまわりには布村さんが関心をもつ分野の、比較文学のきら星たちが揃っているので、どうぞ皆さんとつき合い、ご自由に研究を発展させて下さい、という趣の希望を述べた。

それから後の、東大における半年間の布村さんの「留学」生活や、さらにその後の比較文学仲間との布村さんのすばらしい交流の有様は、本書〈遺稿集『つなぎわたす知の空間』二〇〇〇年〉に収録されている杉田英明さんの「思い出」〈初出は『比較文学研究』七十三号、一九九九年二月掲載「布村弘先生の思い出」〉に詳しい。ついでに述べておけば、私もまた同じ東大比較文学会の機関誌に布村さんの追悼の文を寄せたいと思っていたのだが、荏苒《じんぜん》として日を過ごすうちに、杉田さんのこの記事の掲載を見、とてもこれ以上のものは書けないと思って、あきらめた次第だった。

私はもう少し、布村さんとの個人的なつき合いの思い出を述べさせていただこう。私は学問的な「指導」などまったくできなかったが、学問を介してよき「友」にはなれたと思う。私たちは、ともに酒好きのせいもあって、しばしばもう少し若い川本皓嗣さんもまじえ、新宿界隈の飲み屋で飽くことなく語り合った。

布村さんは、『夜の寝覚』や『浜松中納言物語』など、本来の専門分野のことにも時にはふれられたが、こちらの間抜けた顔を見ると、さっさと話題を変えられた。武田泰淳については熱心に語り、無知な聴き手にその文学の面白味を諄々と説かれた。坂口安吾や太宰治のことになると、よい意味での文学青年の口吻も出た。あくまで謙虚で、自分から会話をリードするというのではないが、酔うほどに、話題はつぎつぎと展開した。時には、親しくなった比較文学仲間についての観察や批評も口にされた——それがじつによく当たっていた。ペダンチックな学問上のごまかしが大嫌いだった。そしてとくに、文章について厳しかった。

内地留学を終えられてからも、布村さんとのつき合いはいっそう深まったといえそうだ。私は平田教授のお招きで、毎年のように富山大学へ集中講義に出ていた。川本さんと一緒に行ったことも多い。そのつど、布村さんは親身の世話をして下さった。魚(釣ることではなく食べること)好きの私のため、平田先生や同じく富山大学の吉田和夫教授などとともに、富山よりもさらに魚が新鮮という氷見の民宿で雪見酒の宴を張って下さったことなど、楽しい思い出がつぎつぎとよみがえってくる。私は温泉好きでもあって、遠くまで車でつれていっていただいたことも多い。一緒に風呂に入ると、私も極めつきの痩身だから、互いを同類として見つめ合うことができた。入浴の後の文学談義や芸術談義に、深更まで、時を忘れた。

布村さんと一緒にいると、いつも、学問が青春に返るような気がした。布村さんの、ロマンチックともいえる情熱に、こちらも感染した。そして互いに、かすかな気負い(気取りではない)を快く楽しめたような気がする。

布村弘さんは、じつは令夫人のいわれる通り、「病気との闘い」に日々を過ごされていたのだが、まことに活気ある生き方をされていた。そのことは、著作活動にも現われている。布村さんは熱心に書く人だった。

令夫人に著作年譜を見せていただくと、布村さんは富山大学を卒業し、地元の高校で教鞭をとりだしてすぐの頃から、もう『富山新聞』その他に盛んに書評を書かれている。それから、高校の新聞雑誌などにも、文学、演劇、あるいは人生をめぐるエッセイ類をよく発表されたらしい。そういう中で、学問的な論考を積み重ねられていったようだ。書くことは、布村さんにとって、もちろん心身をすりへらす仕事であっただろうが、また楽しい営みであったに違いない。

本書は、布村さんの遺稿のうちの代表的な作品を、友人の松井知義氏が編纂されたものである。私は布村さんのおもに学問的な著作のいくつかは読んでいた。しかしこうしてまとまった形の遺稿集をひもとくと、布村さんの執筆活動の幅広さに、いまさらながら驚かされる。しかも、ここに収録されている作品の質がすべて高い。

布村さんは、真摯でひたむきな論究家だった。初期の国文学の論文には、その姿勢がよく出ている。内地留学以後、前から胚胎していた比較文学的なものへの関心が一挙に開花し、森鷗外やラフカディオ・ハーンなども盛んに論じられるようになった。しかし、それは単に視野が拡大しただけのことではない。著作の姿勢に自由さが加わり、文章に躍動感が加わったように私は思う。

これは、布村さんの内地留学の「指導」教官の地位にあった者として、そう思いたいから思っているだけのことかもしれない。じつは、同時に、布村さんの著作に終始一貫するものも強く感じるのである。それは作品を読み味わい考える時の、「自己」の内からわき出るものを重んじる姿勢である。

比較的初期の文章の「『日本文化私観』――なぜ読むか」(一九七一・三)で、布村さんはこう書いている。

私は書物を読んで「世の中は、なんとさまざまなことだろう」と感じるよりも、「世の中を見る人の眼はなんとさまざまなことか」と感じる方が遥かに多い。読書の楽しみも意欲も、そこからわいてくることが、私の場合には多い。

「自分で読む」(一九七三・三)では、芥川龍之介の『鼻』を扱ったご自分の授業をふり返りながら、こういう。

私は、結局、小説鑑賞に、権威者の解説も作者の自註も必要がないので、読者は、自分の眼と心とを信じて繰返し読むことだけが大切なのだと生徒に言いたかったようだ。

この姿勢は、布村さんの文章の随所に現われてくるのであるが、ずっと後の、たとえば「『西青散記』の雙卿と鷗外後期作品の女性像」(今回初出で、杉田氏の「思い出」に言及される同一のテーマで書いた三種類の原稿のうちの一篇か)における、鷗外の『安井夫人』に対する布村さんの解釈にもつながるだろう。布村さんはこの作品の結び近くの、安井夫人お佐代さんに対する鷗外自身の(私などはなんとなく読み過ごしてしまいそうな)感想の言葉を引用して、こんなふうに言い切る。

鷗外の評言の確かさ、作家的誠実さが信じられるのは、このような箇所である。

なぜそうなのか。それはこれに続く十行ほどの布村さんの説明を読んでいただけば明らかになるが、私が目を見張るのは、この言い切り方に布村さん自身の「生」の態度を賭けるような気迫がこもっていることだ。研究論文がそのまま文学になるのは、こういう「生」の力によってであろう。

布村さんは、じつによく調べて書く人だった。そのことは前から分かっていたつもりだが、本書によって強く印象づけられたのは、布村さんの文章に詩情がともなうこと、およびしばしば強い意志がにじみ出ていることである。この知情意の揃い踏みの見事な例は、本書の巻頭を飾る、ご本人が編集委員長をしていた雑誌『藝文とやま』のさまざまな特集の序、四篇であろう。もちろん、基本に布村さんの郷土愛がある。が、それだけではない。富山の地誌を説き、歴史を語り、生活と文化に思いをめぐらせ、縹渺と高雅な感情をただよわせる。よくひきしまった内容の文章だが、これによって富山はひろがりをもっていく趣がある。私は舌をまいた。短いエッセイや長い講演原稿などにも、この種の知情意の展開を、読者は味わうことができるだろう。


一九九七年の秋も暮れ頃だったと思う。布村さんから電話があり、久しぶりに話をした。これもご本人が編集委員長をしている『とやま文学』(だったと思う)で翁久允の特集をするので、寄稿してほしいといわれる。私は自分の生活がいささかごたごたしており、執筆できるかどうか危ぶんだが、せっかくのご依頼だし、翁久允についてはまとまったことを書きたいと前から思ってもいたので、とにかく努力してみますとお答えした。

その電話がきっかけとなり、私はかつて布村さんの紹介で、川本皓嗣、荒このみ、能登路雅子の諸氏と宇奈月温泉に泊まり、大いに飲みかつ談じたことを思い出した。それで、いまの屈託した状況を逃れるためにも、またこの温泉に遊びたい気分になった。さっそく布村さんに電話しなおし、宇奈月温泉で元旦を迎えられるように旅館の斡旋をお願いすると、難しい注文なのに、布村さんは快く引き受けて下さった。が、いよいよ年の暮れ近くなってから、これまた私の事情により、それが実行できなくなった。そこでこんどはキャンセルのお願いだ。布村さんは、嫌な顔(といっても電話越しのお顔だ)ひとつされず、じゃあまたこんどにしましょう、と明るい口調で答えられた。

それから正月に入り、翁久允論の原稿の締切りが迫ってきたのだが、どうしてもできそうにない。電話で直接ご辞退するとまた説得されてしまいそうな気がして、私は原稿の送付先とされていた富山県芸術文化協会だったかに、その趣の手紙を出した。布村さんから何かいってこられるかと思っていたが、何の返答もない。さすがの布村さんも立腹されたかなあ、と案じていた矢先、一月二十三日付だったか、吉田和夫氏からの別の要件の葉書の末尾に、今朝の新聞に布村さんの逝去が報じられていますと書き加えられている。驚愕とはまさにこのことだろう。

私は大晦日に宇奈月に泊まれば、布村さんや、それに平田先生や吉田氏も、時間の都合さえつけば来てともに杯を交わし、歓談して下さるだろうなどと、太平楽なことを考えていた。その間に、布村さんは病気との最後の闘いに死力をつくしておられたのだ。そして、刀折れ矢尽き、卒然として逝ってしまわれた。

布村さんのご生涯は、令夫人のご挨拶のお手紙にもあるように、「病気と闘いながらも全力疾走」されたものだった。しかも、多くの知友、および間違いなく多くの教え子たちに、強烈な、輝かしい印象と深い感銘を残していかれた。それから、学者および文学者として、本書にその精髄が見られるような、すぐれた魂の光彩を放つ文章を遺していかれた。これは、見事としかいいようのない文の戦士の「生」の記録である。

☆右は本文中にもふれた布村弘さん(一九三五—一九九八年)の遺稿集『つなぎわたす知の空間』に「はしがき」として寄せたもの。本文中では書き漏らしたが、布村さんは富山県に生まれ、富山高校を卒業、しばらく高校教師をした後、富山商船高等専門学校、高岡法科大学の教授をされた。同時に、『藝文とやま』や『とやま文学』の編集にあたられ、側聞するところでは演劇その他の文化活動にも指導的な役割を果たされてきた。地方文化の強みの一つは、こういう人がおられることだ。

スズキシン一の芸術　スペイン展に寄せて

スズキシン一は日本で最も個性豊かな仕事をし、しかも広範な人間に訴える普遍性をもった芸術家の一人である。痩せた体躯に目をらんらんと光らせているさまは、超俗の哲人に見える。しかし話す言葉は無限にやさしく、いじらしいほどに人を愛する。とりわけ彼が愛してやまないのは、マリリン・モンローである。日本の伝説の仙人は霞を食って生きていたというが、スズキシン一はマリリン・モンローの精気を食って、おそろしく肉感をあふれさせながら玄妙ともいえる芸術の世界をくりひろげている。

スズキシン一は一九三二年、日本本州の東北、地理的位置からいえばスペインのサン・セバスチャンともいうべき酒田市に生まれた。戦争と敗戦直後の暗い混乱の中で少年時代を過ごした彼は、明るく、暖かい人間的なものを求め続けていたのではなかろうか。東京というモダン・メガロポリスに出てくることによって、土着の感性と新しい前衛的なものへの関心がおりまぜられ、彼の芸術への意欲は燃え立ったに違いない。日本大学芸術学部を卒業後、自由美術協会その他、さまざまな美術グループに属して芸術上の実験をくり返したが、結局、彼は独立独歩、自由人としての画境を確立した。そしてそこにたどりついた時、ただ一人、マリリン・モンローが彼の前に友として、女として、この世の精気として、そして彼の絵のモチーフとして立っていた。一九七一年に個展「マリリン・イメージ」を開いて以後、スズキシン一は西洋の果てにいるこの女性の内部に空想の中でとび込んだり、あるいは彼女を日本の精神風土の中にたぐり寄せたりしながら、ひたすらマリリンを画き続けてきた。

一九五〇年代にハリウッドを代表する女優となり、死後も人気を高め続け、いまでは「愛の女神」とも呼ばれる存在となったマリリン・モンローを、絵画にとどめた芸術家は日本にも世界にも数多い。しかしスズキシン一は、そういう人たちとまったく違うレベルで、マリリンに打ち込んできた。彼はモンローを生き、彼女を世界とし、宇宙とした。

スズキシン一のモンロー作品の初期のものは、多く「マリリン・イメージ」と題されている。彼は彼女の肉体に、現実の生をこえるエロチックな夢を馳せ、そのさまざまな姿態を想像し、それを画くことによって、魂を昂揚させ、純化させていたように思われる。彼のマリリンは、もちろん豊満な乳房や可愛い性器をそなえ、エロスの存在以外の何ものでもない。だが同時に、グランド・ピアノや飛行機やロケットの上に軽く寝そべって、見る者を機械文明の桎梏から救い出す。そうかと思うと、ガラスの器の中に入って、人間の存在の不安をあらわしもする。無数の群れをなして、性の法悦境を想像させることもある。その変幻自在なイメージが、魂の共鳴をさそう。

やがてスズキシン一は、その作品を「マリリン・ラヴ・ソング」と題することが多くなった。彼はマリリンの内面の魂のつぶやきに耳を傾ける気分が強まったのかもしれない。そのつぶやきは、人間の孤独や悲哀を含んでいる。しかし彼はそれを結局はラヴ・ソングとして聞くのだ。

スズキシン一は、じつはみずから、その画筆でラヴ・ソングを口ずさみ続けているのであろう。彼のマリリン群像は、ラヴ・ソングの静かな大合唱である。彼は〇・〇一ミリまで細まるペンによる細密画によって、何千、何万のマリリン群像を画き続けたが、その情熱はついに、巨大な和紙に極細筆で千年はもつ墨を用いてマリリンのヌード三十万体を画く「マリリン・マンダラ」へと彼を挑戦させた。この作品は数年をついやして一九八八年にほぼ完成した。すると彼はすぐ、世界最大(四・三m×七・一m)の特製和紙による百万体の「マリリン・マンダラ」への挑戦をはじめ、世人を驚嘆させている。

マンダラとは、もとサンスクリット語で「神髄を得る」の意味であり、仏教で菩薩が集まって悟りを得る場所や、その集合像を画いた絵を意味するようになった。スズキシン一の「マリリン・マンダラ」は、白く柔らかい肉体の集合であり、釈尊の境地とはまったく逆を求めているというべきだろう。ただそこには、性=生の神髄が巨大な美的世界となってあらわれているような気がする。スズキシン一はいま、その世界の拡大に打ち込んでいるのではなかろうか。

スズキシン一はさらに、最近、ペン画に色彩を加える方向にも進みだした。水彩、岩絵の具、パステル、アクリル、カラーインクによるそのあざやかな色は目を見張らせ、モンローにますます生気を与えている。それから彼のマリリンは猫になり、狸になり、魚になり、蛍になり、星群にもなる。またコーヒー・カップにもテレホン・カードにもワインのレッテルにもなり、ワイン・グラスにもメダルにもなろうとしている。またスズキシン一には、いくつかの画集に加えて、『マリリン・マンダラ』というすぐれたエッセイ集もあって、その多才ぶりを示している。

まことに一途に自分本位の仕事を進めてきたスズキシン一ではあるが、彼の人気は着実にひろがり、いまやほとんど無数というべき個展に加えて、新聞、雑誌、本、そしてテレビなどでもぞくぞく取り上げられ、称讃を博している。彼はいま、スペインならグアダラマ山脈にあたるかと思われる山間の町で創作に没頭している。そして幻想の宇宙に遊んでいる。その才能はいま咲き誇っている。百花繚乱の思いがする。

☆右は一九九〇年、スペインで催された国際美術展ARCOにスズキシン一さん（一九三二―二〇〇一年）が招かれて出品した際、紹介パンフレット『Shinichi Suzuki ARCO 90 SPAIN』に寄せたもの。最初から英訳されることが決まっており、その読者は多くがスペイン人であることも分かっていたので、こういう文章になった。思えば、当時、シン一さんは元気あふれ、炯々たる星だった。

スズキシン一　モンローが取り持った友

今年(一九九九年)七月、東京は国立市のコート・ギャラリーで、「スズキシン一の世界――マリリン・モンロー曼陀羅展」が催された。スズキシン一は、モンローが死んだ一九六二年から、憑かれたように彼女を画き続けてきた画家である。私はこの個展の案内はがきに、次のような文章を寄せた。

「モンロー死んで三十七年。スズキシン一のマリリンは生々発展、美の世界に飛翔を続けている。想は奔放、純となり奇となり、形は柔軟、雅となり楽しい俗となる。独りガラス器の中に性器をさらしもすれば、無数に集まって曼陀羅を形象もする。スズキシン一はあらゆる生の欲望と理想を、日々新たなモンローの創出に昇華させている」

私はもともと文学・文化の研究者であって、絵にはまったくの素人だ。が、スズキシン一の画業にはぞっこん、いかれてきた。私もモンロー狂の一人であることが、そうさせたのかもしれない。しかし気がついてみると、私は彼という「人」にもほれこんでいたのである。

同業の友もよい。互いに助け合うことは多いし、励ましにもなってくれる。が、どこかでライバルでもある。友が自分よりすぐれた仕事をすると、もちろん大いに祝福するのだが、ついひそかに嫉妬していることもある。仕事の上での利害関係のまったくない友は、しかし、純粋に心の交わりだけで成り立ちうる。スズキシン一との関係は、どうやらそれらしい。

いまから二十年ほど前、私は同業の友の本の出版記念会でスピーチをさせられた時、話のついでに、モンローをあしらったその本の装幀の斬新さにふれた。そのあとの二次会で、装幀者は私ですと名乗り出てきたのが、スズキシン一だった。話しているうちに、ともにマリリン狂と分かり、別れ難くなった。

マリリン・モンローはいま、いろんな新聞雑誌で「二十世紀の百人」に入れられる存在になっているが、死んだ当時は「セックス・シンボル」と呼ばれ、軽蔑か憐憫の対象だった。スズキシン一は、そのモンローに永遠の「ラヴ・ソング」の歌い手を見出し、千変万化するその姿態を絵にしだした。私もまた、機械化したアメリカ文明にその肉体と心とで「生」を吹き込む人として、モンローをとらえた。私の『マリリン・モンロー』(岩波新書、一九八七年)という小さな本には、スズキシン一が大きな意味をもって登場する。

スズキシン一と私は、モンローを中心にしてだが、身辺のことから世界のことまで、盃を傾けながら、飽きることなく語り合ってきた。仲間もふえ、毎年八月四、五日には「モンロー忌」と称して、みんなで一夜、語り明かす習慣も生じた。今年はその「モンロー忌」に、甲府の在のスズキシン一の新しいアトリエ開きが重なって、全国から数十人が集まる大パーティーとなった。

スズキシン一はいま、一枚の巨大な和紙に百万体ものモンローの曼陀羅を画く仕事に打ち込んでいる。その数年来の仕事の進行を見守ることは、私にとって、励ましであり心の救いでもある。

スズキシン一さんの旅立ち

二〇〇一年八月十二日、夜九時頃、スズキシン一さんの奥さんから電話がかかってきた。主人がこの世を去りました、午後四時三十六分でした、といわれる。こんどはもう助からない、とは私も前から覚悟していた。癌再発による二度目の入院だったのだ。しかし一瞬、頭が空白になり、ろくに返事もできないでいると、奥さんはじつに冷静に、死の有様や、差し当たりの方針などを語られた。奥さんこそ、夫の死を覚悟し、あらゆることを考えぬかれていたのに違いない。

やがて、次のような挨拶状を受け取った。

お暑い日が続きますが、皆様ご清栄のことと拝察いたします。

夫スズキシン一は春から病に伏しておりましたが、八月十二日午後四時三十六分、この世を去りました。ここにお知らせ申し上げます。まことにおだやかな別れで、マリリン・モンローとともに宇宙遊泳に旅立ったような気がいたします。マリリン百万体曼陀羅の大きな和紙に乗り、天空をめぐりながら、その未完成部分を画き続けている姿が目に浮かびます。

夫はずっと以前から献体する意志を固め、この二月に私とともどもその申し込みをしておりました。旅立ち後ただちに、山梨県鰍沢町の峡南病院で主治医(小川伸一郎先生)ほか関係の方々に見送っていただき、夫の意志どおり山梨医科大学へ献体いたしました。

いずれ遺骨が戻りましたなら、あらためて皆様と作品回顧かたがた故人をしのぶ集いをもたせていただきたいと願っております。

スズキシン一への皆様のご厚意と友情に心から感謝申し上げます。

二〇〇一年八月

鈴木和美

ここには、一方で、献体という崇高すぎて私のような凡俗には悲壮感のともなう行為が、他方で、死という言葉さえも拒否して永遠に生きる意志と感情とが、まるで当然のことのようにあらわされている。スズキさんも奥さんも、死の美学、というか生の美学を、時間をかけて追求されてきたのに違いない。見事というほかない。

私はといえば、まさに凡俗そのものに、この友の死を哀惜し、せめてその精神の一部をも自分の中に生かしたいと思うだけだ。スズキさんを中心とするモンロー狂仲間の松本良夫氏から、『マリリン通信』という氏の個人新聞のスズキシン一追悼号(二〇〇一年十月五日)に、葉書による「メッセージ」を求められ、こんな言葉を寄せた。(他の記事と重複する個所のあることはご容赦たまわりたい。)

スズキシン一さん

あなたに小生が初めてお会いしたのは、たぶん一九八〇年です。友人の本の出版記念会で、モンローを配した装幀のすばらしさをほめたら、あなたが装幀者だといって名乗り出てこられた。モンローをめぐる話で二人はたちまち意気投合し、心を許し合う友となった。といっても、小生の方があなたのお世話になりっぱなしだった。是政、市川大門、増穂町、敷島町と四回移ったあなたの仕事場へ行って、飲んだくれながら話すのが至福の時だった。飲んだくれながらあなたは熾烈な芸術心をあらわしていた。その精神の高貴さで小生をゆさぶった。そのくせあなたは無限にやさしかった。私の妻が死んだ時には、モンローが涙しているデザインの灯籠をつくってくれた。小生も参画した今年三月八日の伊勢丹でのモンロー写真展に病躯をおして出て来て下さったのが、あなたと会う最後になった。しかし、心の中では、これからもいつもあなたと会い続けますよ。私もまた芸術心をたかめて。

大橋健三郎先生の仕事

大橋健三郎先生の傘寿と、エッセイ集および文芸批評集の二冊からなる『心ここに』のご出版、まことにお目出とうございます。

私はあらゆる面ではるかに遠く先生の後塵を拝してきている者ですが、先生と間違えられたことがございます。昨年（一九九八年）十月、松山で開かれた日本英文学会中四国支部大会に、何か話せということでお招きいただいたのですが、その壇上で、司会の方がまだ刷り上ってほやほやの先生のエッセイ集『心ここに』を聴衆に見せながら、私をその著者として紹介して下さったのです。講演がすむと、すでにもう勘違いのご注意が届いていたのでしょう、司会の先生は恐縮しながら間違いを訂正されました。ですから、私が大橋健三郎を演じるのはわずか一時間というはかない命でしたが、私の生涯の光栄でありました。その後、よくない友人から、あなたは大橋先生のゴーストライターだったの?、といった冗談までいわれました。とんでもございません。先生と私とでは天地の懸隔があります。いやさらに、じつはもっと重要なことだと思うんですが、同じアメリカ文学者とはいえ、先生は私などとは種類を異にする方なのであります。

大橋先生は、一九六二年に東京大学英文科助教授に就任されました。四十三歳でいらっしゃったと思います。私はその翌年の一九六三年に東大教養学部専任講師に就任しました。三十一歳のチンピラです。その時、先生はすでにはるかに見上げるべき学者でした。私は木曽の猿猴が星空を仰ぐように、ひときわ輝く先生星を見上げていたのです。

さてこの猿猴の眺めるところ、東大英文科はやはり学界の天空に大きな位置を占める星座です。そこで最初の輝きを発した日本人星は、もちろん夏目漱石です。しかしその後にイギリス人のジョン・ロレンス先生が登場、その輝きのもとに市川三喜、斎藤勇といった巨星が現われ、北斗七星を形成、夏目星は学界の外の文学界で輝くということになりました。猿猴の目には、大橋先生はそういう東大星座に彗星のごとく現われた、久しぶりの漱石型の巨星であります。

大橋先生は東大の生え抜きではありません。東北帝国大学英文科で学ばれ、土居光知の薫陶をうけられました。土居先生についてもいろいろ申し上げたいことはありますが、ここでは省きます。ただ一言でいえば、私は土居先生も漱石型の学者だったと思っています。それはともかくとして、そういうわけですから、大橋先生は東大就任に当たって、非常な覚悟をもってのぞまれたに違いありません。いや、先生ご自身からそううかがったことがあるような気もいたします。ついでにいえば、漱石もそうでしたね。彼は東大英文出身ですが、熊本の第五高等学校から三十七歳の時に東大へ来ました。やはり大層な覚悟が必要だったようです。

さて、別に東大でのご授業に限りませんが――それ自体は私はよく知りもしないのです――大橋先生の学者としてのお仕事を、星を仰ぐように眺めていますと、だいたいこんなことが特徴づけられるように私は思います。

(1)アメリカ文学を世界文学の中にすえて読む。
(2)日本文学も世界文学の中にすえて評論する。
(3)そしてアメリカ文学と日本文学との内在的な関係(いわゆる比較文学的な影響関係というよりも、「人間」とか「近代」とかといった観点からの呼応関係)を追求する。

非常に大ざっぱなまとめ方で申し訳ありませんが、だいたいこんな特色があるような気がいたします。そして、この「アメリカ」を「イギリス」におきかえると、これはまさに夏目漱石の文学研究や批評の姿勢に通じるように思うのです。しかもこの「人間」とか「近代」とかの中心に、先生は常に「個」の問題をおいておられるように見える。これも漱石に通じる姿勢ですね。そして先生のお仕事は、思考において緻密ですが、気宇において壮大です。『人間と世界』と題するご著書も生まれてくるのです。こういう緻密さと壮大さが織り合わさって、先生は文学研究における「文学」の復権を推し進めてこられたように私には思えます。

ですから、大橋先生の文章は、集中的思考と拡張的情念とが入り組み、複合しています。曖昧性《アンビギュイティ》や両面性《アンビヴァレンス》は先生の文学研究のキーワードですが、それは先生の文章のスタイルそのものにもなっているのではないでしょうか。

私はもう十年か、あるいは十数年も前だったと思いますが、いささかの酔いもまじって「打倒大橋」を、先生の前で、もちろん冗談にですが、しかしどこかで真剣味をもって、口にしたことがあります。それは先生のお仕事への敬意の表現でした。私はヘンリー・ソローの文字通りの猿真似で、シンプリシティを自分の身上としたい。それを多少とも実現するには、先生のアンビギュイティ・アンビヴァレンス精神を突き抜けなければならない。そんな思いが働いていたのだと思います。先生は、嫌な顔ひとつされず、しかし馬鹿なことをいう奴だという表情で、私を見ておられました。

本当はここからさらにわが大橋健三郎論を発展させるべきですが、時間もございませんから、夏目漱石との関係に戻ります。私は近頃、大橋先生の俳句を読ませていただく機会を得ました。これがじつにいいのです。そしてそこにも、漱石の俳句に通じるものを感じました。漱石はご存知の通り正岡子規に教わるところが大きく、すばらしい句を多く残しましたが、基本的には素人の句作者だったと私は思います。宗匠的ではないのですね。大橋先生はさらにまったく師というものをもたず、自己流に句作されてきたようで、いわばさらに素人的です。しかしそこに、意と情を、先生流にいえば「頭《ヘッド》」と「心《ハート》」を、見事に打ち出されている。俳句という短い形式にもよるのかもしれませんが、勝手に自分流に申し上げますと、アンビギュイティを突き抜けたシンプリシティを打ち出されているようにも感じました。私は村山淳彦さんに、これもある酒席でですが、ぜひとも先生の句集を出して下さいよと申し上げたこともあります。

大橋先生は漱石同様、多くの俊秀を育てられました。しかも漱石の門下と違って、先生の弟子たちはアメリカ文学界の中枢で活躍し、日本におけるアメリカ文学研究の方向を変えつつあります。望むべくんば、先生同様、その研究に「文学」そのものの生命を追求する姿勢を強め、たかめていただきたいと思います。

私も先生に本当に助けられてきました。先生が編集、監修された本に書かせていただいたこともあれば(『講座アメリカの文化』南雲堂)、先生と一緒に仕事をさせていただいたこともあります(『アメリカ古典文庫』研究社)。とくに忘れられないのは、土居光知、工藤好美、外山滋比古といった、それこそきらきら輝く星の先生方との文学研究会に参加させていただいたことです。

私は木曽の猿猴ですから、シンプリシティ！ という猿声をあげることに終始していますが、先生の気宇と先生の思考とが、いつも目標になり、励ましになってきました。そして学問の星空を仰いでいる次第であります。先生のますます輝きを増すご長寿をお祈りいたします。

☆右は大橋健三郎先生傘寿・出版祝賀会（一九九九年十月十一日、北九州市、東京第一ホテル小倉）におけるご挨拶を、珍しく用意していたメモによって復元したもの。この時、私は大橋先生にすでに句集『花の色』（手綴じ私家版）があることを知らなかった。だがこの後、先生は句に「私評」を添えた瀟洒な装幀の公刊本『花の色』（舷燈社、二〇〇一年）を出され、私などの渇望を満たしてくださった。俳句と散文が見事に合体し、まるで新しい文学ジャンルを創出したような趣をおびると同時に、文学者たる大橋健三郎を知る上で必読の内容となっている。

岡野久二先生の早足

アメリカ学会が同志社女子大学で開催された時の筈だから、一九八三年の春ということになる。岡野久二先生を学長として、東京のアメリカ文学研究者が京都の伝統文化を勉強し鑑賞する超ミニミニ大学が発足した。学生数に多少の変遷はあるが、不動の四名がいる。このうち二人はこの超ミニミニ大学在学中に順次日本アメリカ文学会の会長となり、もう一人はベテラン編集者で出版社の役員でもある。最後の一人は無位無冠の無能ぶりだが、それが私であるから、許しておかざるをえない。時折、京都の学者も加わる。こういう連中が毎年春に集まり、祇園の町に発達したクラシック芸能に親しみ、美味求真をなし、さらに京都文化のエッセンスを知る女性を教授として、聖書の成り立ちから現代風俗の特質まで、古今東西の文化現象を語り合うという、極めて exclusive で highbrow な「大学」である。

私はこの大学の第一期生に推薦されるという光栄を辱くしていたが、アメリカ学会の前々夜に風邪に冒され、ついに上洛できなかった。第二期生として入学を果たしてからは、欠席すること一度もなく、研鑽に努めている。いましがた述べたように劣等生とはよくわきまえているけれども、学長がこの大学を続けて下さる限り、退学を拒絶、卒業も辞退して、学生であり続けたいと思う。

岡野先生は、同志社女子大学という大きな大学の教授および学長として、遠く仰ぎ見てももちろんであるが、この超プライベート大学の学長として、身近に接しさせていただいてますます痛感するところ、大人の風格と思考をもたれ、悠揚迫らざるものがある。それについては贅言を要すまい。ところでいま、私がここに駄弁を弄したいのは、先生のもう一つの面である。それは象徴的にいえば、先生のたいへん早足であられることだ。

われらが超ミニミニ大学の教室はあちらこちらに散在するので、昼から夜、夜から深夜へと、私たちは移動してまわるのであるが、先生はいつも先頭を切り、とぶように歩いて行かれる。教育への情熱の然らしむるところであろう。この二、三年は、どういうわけか「哲学の道」を散策することが終業式の行事のようになった。そういう時も、先生が満開の桜を堪能されているかどうか、よく分からない。なるほど目は樹上を眺めやられる。しかし足は止まることがなく先を急がれる。そして学生たちは、息せき切ってついていくのである。

しかもそのように早足で歩かれながら、懸命におそばに従っている私などに気づかれると、先生は不意に「しかし何ですな、先生(私のこと)のホイットマン論は……」とか、「ドライサーの面白いところは……」とかと、ご下問の形での激励をたまわったり、学問的な見解を述べられたりする。それがじつに的確なのだ。

具体的に早足でなくても、日頃はビールをゆったり召し上がっている先生が、こちらに合わせて日本酒などを飲まれ、いわばアルコールの早足になられた時、ヘンに頭でっかちの最近の文学研究の趨勢や、大学の現状、あるいは世の中の在り方などに、批判をもらされることがある。激越になられることは決してないけれども、学者、教育者としての先生の厳しい内面を、うかがわせていただいた思いがする。

私は岡野久二先生の泰然として春風駘蕩たる風貌も好きだが、早足が示す“Go ahead”の迫力も正しく受け止めたい。しかもこの両面が、いつも微妙なバランスを保ち、先生は温顔を絶やすことなく、私などをあたたかく包んで下さっている。文字通りの意味で、有難いことだと思う。

☆右は岡野久二先生の同志社女子大学定年ご退職の時の記念論文集（一九九二年）に寄せたもの。もちろん、論文集の付録たる部分の戯文である。この時からもうちょうど十年たつが、超ミニミニ大学はいまも休みなく続いている。くり返していう、有難いことだ。

本間長世さんの「公的」と「私的」

いま『本めくり東西遊記』（一九九〇年刊）という本の準備をすすめている。この数年間に書きためた、本についてのエッセイ集である。以前、私は『本のアメリカ』（一九八二年）と題して、同じような本を出した。しかしこんどは、めくって楽しむ気分が前より強く出ているし、取り上げた本も前より多く東西にひろがっているように思える。それでおかしな書名にしてしまったのだ。この中に、本間長世さん——と呼ぶことをお許し下さい——のご著書が、何度か登場して下さっている。そしてゲラ刷りを読み返しながら、私は自分が本間さんに特別の「思い入れ」をしていることに気づき、我ながらおもしろくもなった。

本間さんは、東大教授としてアメリカ科主任の後、教養学部長、大学院総合文化研究科委員長、総長特別補佐、学外ではアメリカ学会会長など、たくさんの責任ある公的地位につかれてきた。私はといえば、本誌(『うずしお』二十一号、一九八六年)に「私的も素敵」と、これまたけったいな題のエッセイを書いたくらいで、なるべくなら「私的」に徹したい人間だ。そのため、私はたいてい「公的」に対して冷たい。しかし本間さんの「公的」は、ほとんど例外的に、素敵だと思う。

本間さんは生まれながらの資性によるのだろうか、「公的」たることに何らの無理も感じさせない。判断や配慮の見事さはただ感嘆を誘うだけで、しかも思いたかぶることがない。しかし私がいまとくにいいたいのは、学者としての本間さんの見事さである。本間さんは「公的」のゆえに忙しくなればなるほど、いっそうすぐれた文章を書かれてきているように見える。短いエッセイも充実しているが、密度の高い論文も多い。私は本間さんのそういう文章に、「公的」だからといって学者の仕事を二の次にすることは断乎としてしりぞける、強い精神の力を感じる。そしてその成果が、つぎつぎと著書にまとめられているわけなのだ。

しかも——ここからが私の勝手な「思い入れ」だが——「公的」になればなるほど、本間さんの文章には「私的」な味わいが強まってきているように思える。「私的」なエッセイは、もちろん前からあった。いつか本誌に書かれた、ご令息の夭折を悲しまれる文章は、私のいつも思い出す名文である。しかし本間さんの論文は、私の読んだ限り、たいてい「私的」をおさえておられた。豊かな知識を透徹した見識で整理して伝えられ、読者には得るところ無限に大きかったが、本間さん個人の息吹きというか、生ま身の感覚は捨象されていた。私はある時、酔っぱらった勢いで、そのことを讃美と不満の種としてご本人に申し上げたことがある——本間さんはいつもの温顔で、にこやかに聞き流して下さったが。

ところが近来、本間さんの書かれるものには、「私的」な要素が多くなってきているように思えるのだ。若い頃の留学、結婚、さまざまな見聞や体験を、直接的に語りながらアメリカ論を展開される文章はもちろんのこととして、そういう個人のことは述べない論文でも、ご本人の思考、感覚、意見をおもてに押し出される傾向が強まっているような気がする。本間さんが無責任に「私的」になられることは決してない。しかし「公的」な人が高度に「私的」であるためには、勇気がいるに違いない。私は本間さんが「公的」と「私的」の間にすばらしいバランスをもって展開される文章に魅せられる度合いが、このところますます大きい。

さてそういう意味で、私は本間さんのご著書を読んで感想を書きたくなり、前述の拙著にもご登場をいただいたのだった。そしてたとえば、アメリカ研究の最も正統の道を堂々と進んで来られた本間さんの姿、仕事、いや心の動きそのものに、私は素直な敬服の気持をあらわした。ただし、かすかに、同じ研究でもその脇道や時には裏道を通っている自分に、なつかしさ、シンパシーをあらわしてもいる。ご著書の一つ『ニューヨークに見るアメリカ』(一九八七年)についても、コロンビア大学に学び、そこでの生活をもとにして見事な知的連想をくりひろげられる本間さんに、中西部の田舎大学で学び、ニューヨークに出るとスラム街に滞在し、いつも視線を低くしていた自分を対比している。そして自分がそうであるからこそ、本間さんの「視線の高さ」が有難い、とそのエッセイを結んでいる。本間さんが「私的」に語っておられたため、私も自由に「私的」になれ、いわば自分を確かめることができたような気がする。

本間さんは東大アメリカ科の大黒柱となってこられた。しかも「公的」と「私的」とを一つにし、この大黒柱はすぐれて人間的である。だからこそ、私などはこの柱にもたれて、「私的も素敵」などとうそぶいていることができた。本間さんが去られたら、少しは「公的」な感覚の芯を入れて自分を支えないと、たちまち倒れてしまいそうだ。考えるだけでもしんどい。ただ本間さんが精神的にいつまでも私たちと一緒にいて、大きな支えとなり続けて下さることを願うばかりである。

☆右は本間長世さんの東大定年ご退官の時、ともに長年関与してきた教養学科アメリカ科の機関誌に、いわば送別の辞として寄せたもの。四年後に私は自分が東大定年となり、東京女子大学に転じたが、そこでも本間さんと同じ学科に属し、本間さんを大黒柱とすることができた。それからさらに二年後、二人は同時に東京女子大学をやめた——ただし本間さんは成城学園の園長となり、私は猿猴の声も聞こえそうな岐阜女子大学のごく私的な教授となって。

島田太郎さんのよく響く声

一九六四年頃のことだと思う。私は駒場の新米教師だった。アメリカの児童文学の歴史を調べていて、フランク・ストクトンの『ティンガリング物語』だったか、カール・サンドバーグの『ルータバガ物語』だったか、とにかくその手の本を本郷の英文科から借り出し、返しに行った。事務の女の人の机の上にその本をおき、私は図書室の別の本を探していた。

すると、若いよく響く男の声で、「この本、誰が借りたんだろ、変な本を読んでるんだな」と、誰かがいっているのが聞こえてくる。ほめているのか、くさしているのか、よく分からぬ。ともあれ、この本の存在は知っていたらしい声だ——そして、いささか押しの強そうな響きだ。私は後から人に聞いて、その声の持主が大学院博士課程に在学中の島田太郎という男だと知った。

島田さんと直接に言葉を交わしたのは、ずっと後だと思う。私は島田さんの論文などをいくつか読み、えらく精密に本を読み、きっちりと調べ、堂々と書ける人がいるな、と思っていた。「押しの強そうな」という声の印象は、いい意味で生きていた。

島田さんが一ツ橋から駒場の先生となって来てくれたことを、私は最も喜んだ一人だと思う。

島田さんの学風に私も便乗し、駒場を日本におけるアメリカ文学研究の、広い意味での実証派の拠点にしたい、などとも思ったものだ。

ただし、「押しの強そうな」は、「そうな」だけだと分かった。島田さんは声の響きがたいへんよい。ご自分では内緒話のつもりが、百メートル四方に響いていることもある。それで誤解を招いたのだ。率直で明快な話し方をされるけれども、じつは人一倍気配りの人で、「押し」はいつも「引き」と微妙なバランスを保っている。両者が重層的にもなっている。そしてそういうところから、ユーモアをかもし出してもいる。島田さんは非常に上手な話し手だが、それにも増して、上手な聞き手だと私は思う。

島田さんの学問の幅は広い。アメリカ文学に関する研究や翻訳の業績を、ここで喋々するのはよそうと思う。意外なところでは、文庫クセジュで『今日のイギリス作家たち』を訳されていたりする。私が大書しておきたいのは、大衆文学的、あるいは異端文学的なものへの島田さんの趣味、関心も並たいていではないことである。これには西川正身教授の感化もあるかもしれないが、島田さんの資性と教養の両方が自然にこの方面にもあふれてきたものと見たい。小栗虫太郎『黒死館殺人事件』(教養文庫)の解説など、蘊蓄の深さに圧倒される。私などがいうのは片腹痛いことだろうけれども、島田さんは文章もじつによい。

私は学問の上だけでなく、人柄の上でも、島田さんを頼りとしてきた。一九九〇年四月から一年間、私は駒場の外国語科科長（兼英語教室主任）にさせられた。いわば年齢の順で、「長」嫌いの私も避けられない。ただし科長には、補佐をつけてもよいということになった。私の無能は知れ渡っているから、補佐になってやってもよいと間接的にほのめかしてくれる人もいた。しかし私は、まったく迷うことなく、島田さんに補佐をお願いした。島田さんも、まことに快く承諾してくださった。そしてこういう人選においては、私はひどく有能なのである。面倒なことは、島田さんがみんな引き受けてくれた。私に対する批判や非難は、島田さんがすすんで矢面に立ってくれた。いくら感謝してもしきれない。

島田太郎さんは、定年まで三年を残して東大を去り、昭和女子大学に移られることになった。アメリカの開拓者のように、新しい可能性を求めての決断であったろうと推察する。私もいまは別の女子大に勤めている身なので、なんだかまた味方が増えたような気がする。ただし島田さんは、外見に似ず神経も内蔵も華奢である。くれぐれも健康に注意していただきたい。私は島田さんのあのよく響く声が、百メートル四方どころか、はるかな空間をへだてて私の方まで聞こえてくるのに、じっと耳を、心の耳を傾けていたい気持である。

☆右は島田太郎さんが東大を辞められた時、教養学科アメリカ科の機関誌に寄せたもの。私はすでに岐阜女子大学教授となっていた。島田さんは木曽の猿猴の仰ぎ見る星群のうち、本書に登場していただいた中では最も若い星だが、私のうけた学恩は他の星にまさるとも劣らない。たとえばはるか遠い岐阜女子大学にご出講たまわったり、拙著『アメリカ文学史講義』全三巻(一九九七―二〇〇〇年)のすべてにご校閲をたまわったりした。よく声の響く島田さん、わが感謝の猿声も聞きたまえ。

IV

わがシンプル・ライフ

わがシンプル・ライフ

「全力をあげて美しく死にたい」

先ごろ、『わが妻の「死の美学」』(リバティ書房、一九九三年)という本を出した。私の妻は肝臓ガンを患い、ほぼ一年間の闘病の末に亡くなった。この本は、彼女がいわゆるガン告知をうけてから、いかに「死の準備」をし、どのように死を迎えたか、その過程をたどりながら、彼女の「死の美学」(と私は呼びたい)を語ろうとしたものである。

妻は良性腫瘍ということで治療をうけているうちに、自分が本当はもう絶対に助かる見込みのない末期ガンであることを察した。そして私に真相を告げることを迫った。それでも、とうとう私がその告知をした時には、激しく動揺したに違いない。絶望の淵に沈む気持も味わっただろう。それが人間として当然だと思うのだ。しかし彼女は、そういう動揺や絶望をおもてにはほとんどまったくあらわさなかった。これからどうしていくか、二人でいろいろ話しあった時、最後に、

「全力をあげて美しく死にたいわ」と、ぽつっといった。

「美しく死ぬ」ということは、何か特別の気高い、あるいは輝かしい死に方をすることでは、毛頭なかった。妻は、ぎりぎりの時まで「普通の生活」を送りたい、とこれは笑いを浮かべながらいった。自分のガンのことは、誰にも告げたくない。他人に迷惑をかけたり、妙に同情を寄せられたりはしたくないのだ。いままで通り、ひそやかに生きたい。そして可能な限り、自然に死んでいきたい、と彼女はいうのだった。

そしてじっさい、妻はそのように生きた。彼女はもともと英文学の教師だった。もはや教壇に立つ体力はなくなったが、前から読みたいと思っていた本を、死ぬまでにもう一冊、といって読み出した。炊事や家計簿つけも従来通り行なった。私たちはよく一緒にテレビの時代劇を見、そのばからしさを笑ったり、批評しあったりしていたものだが、そういうことも相変わらず楽しんだ――少なくとも、そのように見えた。

ただ、その間に、妻は自分の死の時のこと、死後のことを考え続けていたようだ。苦痛はもちろんできる限り小さくしてほしいけれども、いたずらな延命措置は施してほしくない。死んでも大袈裟な愁嘆場は見せないで下さい。いわゆるお通夜はいらない。ごく身近な肉親が見守っていてくれればよい。形式的な葬儀には反対です。読経も戒名もいらない。あまり何もしなくては淋しいようだったら、ごく親しい人たちが集まり、いっさいの宗派にこだわらない別れの会をして下さい。

お墓も、本当は山荘の片すみに骨を埋めて自然石でもおいてくれるのが一番いいけれども、それが許されないなら、人里離れた墓地に、簡素な墓石を建てて下さい――そんなことを、彼女は少しずつ私に話し、自分で準備できることはしていった。墓地は、弱った体で現地まで見に行って決めた。

妻が考え、実行したのは、シンプル・ライフと、その果てのシンプル・デスだった。じつのところ、私たちは三十年ほど前、貧しい留学生としてアメリカで結婚して以来、何となくシンプル・ライフを追い求めてきていた。それは生活の貧しさから始まった部分も大きいが、しだいに生活の信条のようにもなっていた。といって、ピューリタン時代からアメリカのひとつの伝統をつくってきたシンプル・ライフ主義者たちの、「暮らしは貧しく思いは高し」という理想を、実行していたわけではない。私などはまったく俗の俗なる者で、思いは社会と文化の底辺を駆けめぐる方だ。ただそれでも、自己浄化の願望もあるのだろうか、シンプル・ライフにはあこがれを寄せてきた。そして時々、世間の常識から見ると滑稽なほどのシンプル主義的な思考や行動に走り、自分でも笑ってしまうほどなのだ。妻はそういう生き方への同調者だったが、病と死に直面し、一挙にその内容をたかめた。そしてシンプル・デスにまでつなげていったといえるように思う。

ちょうど妻が病床にある時、私は『「金メッキ時代」への私的考察』(PHP研究所、一九九〇年)という本を出した。妻との結婚生活の三十年ほどの間に、日本は驚異的な経済成長をとげ、人々の生活はかつて想像もしなかったほど豊かになった。しかし同時に、上っ面のはなやかさにうつつを抜かす風潮も強まってきている。マーク・トウェインはアメリカの十九世紀後半の経済成長時代を、外面的な物資生活は金ぴかだけれども、内面の精神生活は粗末な真鍮にすぎないという意味で、「金メッキ時代」と呼んだが、私には現代の日本もまさにその呼称にふさわしいように思えた。いそいで付け加えておくが、私自身、その「金メッキ時代」的な文化に染まり、外面の金ぴかにひかれるところが多分にある。ただ、ふと自分を顧みると、内面のわびしさ、空虚さも痛感する。日本人一般についていっても、精神の衰弱を見せつける現象はいくらでもあげることができる。それを救う手立ての一つが、単純な自分に帰り、自分本位のシンプル・ライフを追求することではあるまいか。その成果は別としても、そういう努力をすること自体、現代の風潮に対抗する精神を養う要素になるだろう。と、そんな「私的考察」を、私はその本でおずおずと述べたのだった。

妻はその本を、体力も気力も崩壊する限界の迫ってきた頃に読み、めずらしく口にして、「ほんとにいい本だわ」とくり返していた。しかし、そこにいうことを実行したのは彼女だった。そういう妻への讃嘆の思いをもって、私は彼女のシンプル・ライフとその果てのシンプル・デスを、『わが妻の「死の美学」』で語ろうとしていたように思う。

マンガ的ソロー主義者

私自身のシンプル・ライフは、先にもちょっと述べたように、まことにたわいなくお粗末、むしろマンガ的である。シンプル・ライフというと、立派な伝統のあるアメリカでも、哲人ヘンリー・D・ソローはその代表格であろう。そこで私は、自分を「マンガ的ソロー主義者」と呼んできた。

ソローをいま私は「哲人」といったが、彼は同時に偉大な「生活者」だった。人間の自由と独立という、アメリカ思想のエッセンスのようなものを、彼は高邁な精神と痛烈な言葉で主張しただけでなく、身をもって実行しようとした。自由と独立をさまたげる人生の要素をいっさい排除し、完全に自分本位の生活を行なってみたらどうなるか。それを確かめるため、彼は一八四五年から四七年までの二年間、自分の住むコンコードの村から一マイル半ほど離れた森の中、ウォルデン池のほとりで独居自炊、晴耕雨読の生活実験をした。その体験をつづったのが有名な『ウォルデン　森の生活』(一八五四年)であるが、そこで彼はこんな宣言をしている。

私が森へ行ったのは、入念に生きたいと思ったからである。人生の根本的な事実にのみ直面し、人生が教えようとしてもっているものを学びとることができないものかどうか確かめたい、そしていよいよ死ぬ時になって、自分が本当に生きることをしなかったと思い知らされることのないようにしたい、と思ったからである。私は人生でないものを生きたくなかった。生きるということはそれほど貴いのだ。

十九世紀の中頃、アメリカは産業革命が進み、人々は機械文明への傾斜を強め、生活も人間関係も複雑になり、次にくる「金メッキ時代」の準備ができつつあった。それに背を向け、たった一人で純粋な人生をさぐろうとしたソローは、世間からは無視され、友人仲間からもエクセントリックな人と見られていた。しかしやがて、世界のあちこちに、ぽつりぽつりと信奉者が生まれ（ロシアのトルストイ、インドのガンジーはその有名な例である）、一九六〇―七〇年代、アメリカの機械文明が行きづまり、反体制文化《カウンターカルチャー》の運動が起こると、『ウォルデン　森の生活』は若者たちの間で聖書のように読まれる事態となった。ヒッピーと称される長髪・奇装の若い男女は、ソローにならって、いわば森の中に入って自由独立の生活を実現しようとした――もっともその多くは、森の中で蒸発してしまうか、疲れ果てて都会に帰ってきたのであるが。

ヒッピーにもいまから思えばマンガ的な面があったが、私はもっとマンガ的だと思う。ヒッピーは安易に世の中からドロップアウトしていったが、私は世の中の網に手足をひっかけて揺れているのだ。なにしろ東京という世界でも極め付きの俗悪都市に住み、大学教員という煩雑な職業に従事し、家族のしがらみを脱け出す気もない、平凡で気の弱い社会人。それが、「人生でないものを生きたくない」というソローの宣言には共鳴し、少しでもよいからそれを実行したいと思う。ソローが「われわれの人生は瑣末なことによってむだに費やされている。……単純化せよ《シンプリファイ》、単純化せよ《シンプリファイ》」と説くと、ヒヤ、ヒヤと、心の中で叫びもする。なんとまあおめでたい、と時々、自分でも思う。

しかし、なおかつやってみる。その具体的な姿を、お笑い草にちょっとお見せしてみよう。ソローが自分の生活ぶりをあけすけに語ったのも、じつは彼のシンプル・ライフ主義の発露であったと私は思う。せめてその真似くらいは、してみようではないか。いちばん身近な衣食のことから述べるのがよいだろう。

私はネクタイをしない——と、そんなばかなことから話し始めてみる。ソローによると、住居と衣食の要諦は、「あたたかさを保つこと、われわれの内に生命の熱を保つこと」である。ネクタイはそれとまったく関係がないぶらさがり物だ。しかもそれは人の首を締め、しばしば呼吸の自由をさまたげる。いや、存在の自由感すら束縛することがあるのではないか。ネクタイをつけると、人は自分が紳士であり、立派なサラリーマンであるように行動しなければならない気分に駆り立てられる。不必要な飾りが人間を支配するなんて、愚の骨頂だろう。

私はソローが窮屈なネクタイをつけている写真を見た記憶がないけれども、服装は時代と習慣によって異なるものだから、彼自身がどうであっても構わぬ。ネクタイを嫌う精神は、彼のシンプル・ライフ主義に通じるものだと勝手に思っている。冬ならトックリセーター、夏なら開襟シャツが私にはよい。この頃はやりのTシャツとなると、私は職場に着ていく勇気はないけれども、ますます好ましい。

そうはいいながら、結婚式とか格式張ったパーティ(普段は極力避けるのだが)とかに出る時は、私もネクタイをつける。それから、われわれの内に保つべき「あたたかさ」には情愛のあたたかさもあるのであって、人からネクタイをいただけばやはり嬉しく、大切にする。そういう点で私のシンプル・ライフは勝手しごくなのだ。それでも、式やパーティから離れて一人になると、電車の中でも歩きながらでも、私はたちまちネクタイをとり、首のボタンもはずして、人間性を回復したような気分になる。

衣服一般についても同様だ。まわりの人に不快感を与えぬ限り、私には着なれた、ということはしばしば着古したということにもなるのだが、気楽な衣服がよい。大事なのは衣服の中身の人間である。「新しい服は要求するけれども、新しい着手《きて》はいっこう要求しないすべての企業を警戒せよ」とソローはいっている。ソローが「最も偉大なデモクラシー人間」とたたえ、私もまた愛読するアメリカ詩人ウォルト・ホイットマンの、歴史的な詩集『草の葉』(一八五五年)の口絵は、開襟シャツによれよれのズボンをはき、片手はズボンのポケットに入れ、片手は腰にちょっとのせて平然と立った労働者姿の肖像写真である。当時、詩集の口絵は、それこそ「新しい服」を着て最高にめかした詩人の、何やら夢想にふけっているたぐいの「詩的」な写真が常だった。それに対してホイットマンのこの写真は、衣服の古さがかえって「新しい着手」の登場をあらわし、デモクラティックな詩の宣言をすら行なっていたともいえる。

私には、こんな気負いも迫力もない。新聞雑誌のインタビュー写真をうつされる時などは、その新聞雑誌の体面を考え、夏ならシャツだけでごまかせても、冬にはスーツ姿になることが少なくない。それでも、堅苦しい衣服から自由でありたいという気持はいつもある。

私のシンプル・ライフは、旅の衣装で極点に達するらしい。これについては、かつて「おおはらいの旅」という戯文(拙著『カバンひとつでアメリカン』一九八二年所収)を書いたことがある。旅は私にとって、どうしても型にはまって夾雑物が積み重なってしまう生活環境から一時的にしろ脱出するための、いわば「大祓い」の行事である。ソローは引越しをその種の行事と考えた。引越しは使いものにならないガラクタ家具を捨てて新しい世界へ移るためのチャンスであるのに、その家具を苦労して運んでまた屋根裏部屋にためこむような人を、彼は「動きがとれない人」として哀れんだ。私も、古びた生活から自分を解放するための引越しをしたい。だが現実には、それはなかなかできぬことだから、せめて旅でもって代用しようというわけである。

したがって私は、できるだけ身軽な恰好になり、いまの状況とは違う所へ旅するようにつとめる。私はアメリカ研究者という仕事柄のため、アメリカへよく旅するけれども、向こうの大学で権威を身につけてこようとは思わない。権威は日本の屋根裏部屋の古家具のようなものだ。むしろ、日本での生活にはない自由にふれ直し、思考も感情も少しでも多く自由な自分になって帰ってきたい。と、そんなことを述べた後で、私は次のように書いている。

アメリカに旅するとき、私はまったくふだん着で行く。下着類はむしろくたびれたのを持参する。そういう服装の方が楽に行動できるのだ。そしてくたびれ切った順に、一着ずつ捨てていく。日本に帰る時は完全な着たきり雀。すっかり身軽になり、心も洗われたようで、ソローの精神にせめていっときでも近づいた思いにひたることができる。

なおこのことに付け足しをしておくと、今年(一九九三年)のはじめ、私が勤務先の大学での最終講義に代えてホイットマンについての研究発表をした時、近ごろ出した『アメリカ名詩選』(岩波文庫)の共編訳者でもある川本皓嗣氏のコメントの中に、かつて氏と私が一緒にアメリカ旅行をした時の思い出話があった。私はアメリカで、古本屋めぐりに没頭する。リュックを背負い、大量の本を買ってくるのだが、ホテルに帰ってからそれを自分で荷造りし、翌日、郵便局に運ぶ。そのプロセスを面白おかしく語りながら、氏はさらにこういうのだった(『東京大学アメリカ研究資料センター年報』十五号掲載の速記録による)。

「亀井さんはアメリカに行くときは、危険のせいもあって（という川本氏の表現は、私へのサービスであろう）、ひげを伸ばし始められますし、ズボンもよれよれのでふらふら行かれるのです。ところが、いつも驚くのは、郵便局員が何だか東洋のSage（聖人）を見るような顔をして、非常な尊敬の扱いをするんです。こっちは背広を着ていても余りいい扱いを受けたことがない。そうして送り出してから、本が日本に着くのを楽しみにしておられるという感じです。」

川本氏の話はもちろん善意にもとづく誇張だが、着古したふだん着にも功徳はあると私は思う。

水ほどうまいものはない

食の方に話題を移そう。

私はいつ頃からか、食事の後はただ水を飲んですますようになった。お茶が嫌いなわけではなく、またお茶に何やら体によい成分が含まれていることも聞いている。しかしソローは、どうやら水を飲料としていた。自分本位の生活の実験者としてソローの先輩であった十八世紀最大の文化人、ベンジャミン・フランクリンも、『自伝』の中で、強いビールに酔いしれるイギリスの若者を批判し、「水のみアメリカ人」たる自分を自慢していたように思う。私は彼らに直接影響されたわけではない。アメリカ留学中の結婚前のことだったか、あるいはその後何度かの単身によるアメリカ滞在中だったかに、自分で食事をつくる時、お茶を入れるのが面倒で、水を飲む習慣がついたのだと思う。ただ、馴れてみると意外に気持よい。少なくとも口の中がさっぱりし、その分、気分も晴れる。それで水が好きになったのだ。

もっとも私は、水を飲料にすることを人に主張はしない。妻からでもよその家ででも、お茶をすすめられれば喜んでいただく。それに、私はコーヒーも好き。酒となると目がない。つまりは支離滅裂なのであって、食後には水を飲みますなどと、自慢そうにいえたものではない。ただそれでも、そういういろんなものの駄目な飲みっぷりが、水を飲むことによって多少とも緩和ないし中和されるのではないかと、勝手に自分で思っている。水がたいてい贅沢の対極、ただであることも、この際、言及しておかなければなるまい。ただの物を正しくうけいれられない人間について、ソローは例により皮肉な観察を述べている。

人はしばしば、必要物の欠乏からではなく贅沢品の欠乏から死ぬという厄介な状態に陥っている。私は、自分の息子は水だけを飲み物にしていたので死んでしまったと考えている、善良な婦人を知っている。

食事についていうと、私もまたおいしいものは嬉しくいただく。しかし贅沢な食事の欠乏から死ぬ思いをしたということは、絶えてない。「あたたかさ」を保つ食事が、情愛のあたたかさも加わっていただければ、この世の天国というものだろう。

先にも述べたように、私は身軽な旅に出ることが好きなものだから、このごろテレビではやっているグルメ紀行的な番組にも、はじめのうち興味をもっていた。しかしたちまち嫌になった。案内をしてくれる女のタレントさんたちが、しばしば裸になって風呂に入ってから食べて見せる食事が、たいてい奇をてらい、手がこみすぎ、分量も多すぎる。あんなのをせっせと食べたら、私の弱い胃には収まらず、それこそ死ぬ思いをするのではないか。食事評論家といわれる人が、しばしば糖尿病を患ったり、急逝されたりするという噂を耳にしたことがあるけれども、「あたたかさ」がすぎると、体内は燃焼して崩れてしまうのかもしれない。

「たいがいの贅沢品や、いわゆる人生の慰安物の多くは、人間の向上にとって不可欠でないばかりか、積極的な障害となるものだ。贅沢や慰安に関して、最高の賢者は貧乏人よりも常にもっと簡素で乏しい生活をしてきた」とソローはいう。食べ物と健康との関係について、愚者でもこのことは分かる。

数年前、私は昔の教え子の紹介で、ある健康医療施設で精密な健康診断をしてもらったことがある。私はもともと虚弱体質で、おまけに(これまたソロー主義に反することだろうが)タバコをすう。酒やコーヒーの好きなことも前に述べた通りだ。それで教え子は心配してくれたのだった。ところが、心臓に何やら付けてローラーの上を走るようなテストをしても、へとへとになりながらとにかく最後まで走り通す、といった次第で、「健康そのもの」という診断結果を得た。

あまりにヘンだというのだろうか、その施設が出している機関誌(『ウェルネス』六号、一九八六年夏)で、私へのインタビュー記事をのせることになった。読者にこまかい情報を提供したいので、一週間分の生活記録と食事記録もつくって見せてほしいという。妻はびっくり仰天した。なにしろ朝食は、「イワシ一本、大根おろし、みそ汁、白菜の漬物、ご飯一杯」。昼は外食が多く、サンドイッチと牛乳。夕食でも焼魚と冷奴が精一杯といった具合で、貧弱そのものなのだ。あまりにも恰好悪いから記録表に一品ずつ増やしときましょうか、と彼女は真剣そうにいったが、とにかくそのままにした。

ところが、「栄養アドバイザー」はその記録をこまかく検査した後、これで「理想そのもの」という。粗食だけれども(とはおっしゃらなかったが)、時間を決めて、ゆっくり食べている。それにどうやら、これをうまいと思って食べているらしい。私の談話も同誌にのっているのだが、それによると、私は嫌なことはどんどん忘れて、先のことも深くは悩まない、「人間関係についても、人に対する対抗心、競争心というものがありませんから、ストレスはほとんどたまりません。もちろん学者の世界も組織世界ですから、孤高を保っていればいいというわけではありませんが」

などと、いい気なことを（しかし正直に）述べている。どうやら、そういう食べ方、生き方が、カロリーを補い、健康に役立っているということのようだった。

散髪から人間関係まで

シンプル・ライフなどと英語でいうと、何か恰好いい生き方のように聞こえるかもしれないが、私の場合は、自分のみみっちい生き方をそれなりに楽しんでいるだけのことのようだ。他人から見たら、おぞましいものだと思う。

私はなるべく車に乗らず、歩くようにしている。これだとただだし、体にもよい。人の家をはじめて訪れる時など、かなりの距離でも、時間に余裕をもって出かけ、歩きまわって探す。するとその土地の情況などが分かって、相手の人への理解も深まるような気がする。ただしそのため、つい歩くことに気を奪われて手土産を買い忘れ、気まずい思いをすることがある。そんなこともあって、手土産などという習慣をやめるのがシンプル・ライフだ、と私は考えるのだが、人から手土産をいただくとけっこう嬉しいものだから、まったくいいかげんなもんだと思う。

私はたいてい、原稿は使い古しの原稿用紙の裏に書く（いま現にこの文章を書いている時もそうだ）。枡目の見え方がかすかなので、そこに字をおさめるような、しかしそこからはみ出しても構わないような、自由な書き方ができる。それにもちろん、気楽に書き損じをすることもできる。

そうやって書いた下書きを、いろいろ直しながら新しい原稿用紙に清書する時の快感は、また格別である。

手紙は、私はなるべく葉書で、用事だけ書く。「批判的にいえば、切手代を払う値打ちのある手紙なんて、私は生涯に二、三通しか受け取ったことがない」とソローはいっている。私は手紙を受け取ることが大好きで、一日に何度も郵便受けを見に行くくらいだ。それでも、自分の方から通信する値打ちのある手紙を出したことなんて、滅多にない。だからたいていは葉書で十分だと心得、その方が先方も受け取って気楽でいいだろう、と勝手に思うのだ。

ソローは新聞にも背を向けていた。「私は間違いなく、新聞で記憶すべき記事を読んだことは一度もない」と述べている。私はといえば、毎日新聞を読まないと落ち着かなく、新聞休刊日は一日中不機嫌なくらいだ。だがそれでも、新聞の記事など一日たてば古くなり、記憶すべきことがないどころか、たいていは記憶に残りようもないことはよく知っている。ソローのいうように、「決して古くならないこと」を知ることの方がはるかに重要だとわきまえ、「新しいこと《ニュース》」ばかり追いかける学者仲間の努力にも、冷やかな反応を示してしまう。

シンプル・ライフは、衣食住から交通、情報、その他、日常生活の万端にわたるものであるが、人間関係においてさらに微妙なあらわれ方をしてくるように思う。

私は最初の留学の頃から、散髪は自分でするようになっていた。貧乏暮らしのため、お金を節約しただけのことである。櫛に剃刀の刃をはさんだような器具で、鏡を見ながら髪をすくのだ。襟足のところなど、ごく一部分は妻に鋏で切ってもらった。妻はたいてい、私の出来上がりをほめた。「あなたは芸術家よ」などといっていた。シンプル・ライフは、ソローのような独身者よりも、パートナー持ちの方がしやすい面もあるようだ。

やがて私は、妻の髪も切るようになった。散髪鋏を買ってきて、じょきじょき切る。「きれいに仕上げてね」といいながら、彼女はどんな出来でも文句をつけなかった。それにアメリカで生活しているうちは、私たちは「世間」を気にしなかったし、「世間」も私たちを気にしなかった。シンプル・ライフは、間違いなく、外国での方がやりやすい。

帰国後、妻は女子大に勤めたが、私の調髪は受け入れ続けた。ただ、学生の間で評判になっていったようだ。日本はもう豊かになってきて、いろんな髪型の流行があるのに、妻は不恰好な断髪のまま。女子学生としては、気になって仕様がないのだろう。「先生、今日は左右の長さが違う」と批評したり、「愛情たっぷりでお幸せね」とひやかしたり、いろいろだったらしい。「陰ではお可哀そうねともいってるようよ」と、妻は笑っていた。

ところが、十五年ほど前、妻は乳ガンになり、患部切除の手術をした。それ以来、「悪いけど、美容院に行くわ」というようになった。下着姿で、大きな風呂敷をかけて行なう調髪が、苦痛になったのだろう。美容院へ行ってくると、さすがにプロの腕で、見栄えが違う。私は淋しさをおさえなければならなかった。

自分自身の散髪は、相変わらず続けた。「私のソロー主義」(『カバンひとつでアメリカン』所収)なる戯文で自分の散髪にふれ、「出来の悪い時も多いが、夏は短く、冬は長く刈って、暖寒調節、省エネにも協力できる」と書いたのは、もちろん駄ぼらである。それでもある程度の「調節」をしたことは事実だし、自分のことはなるべく自分ですることに、ある種の自由を感じていたことも否定できないように思う。

さてしかし、数年前、ある眼鏡会社のPR雑誌から、宣伝写真のモデルになることを頼まれた。私の知人には、ベスト・ドレッサーとして雑誌のグラビアを飾った学者もいる。それに対抗する千載一遇の好機とばかり、私は喜んでOKしたのだが、撮影の日、カメラマンと同行した編集者は、私を見るなり顔を蒼くした。私はその前夜、つい散髪してしまい、眼鏡に対する冒涜以外の何物でもない髪になっていたのだ。撮影は放棄され、私の芸術家としての面目は丸つぶれになってしまった。

シンプル主義の学問

わがシンプル・ライフは、ついには私の学問の態度にも及んでいるようだ。いや、この点にこそ、私のシンプル・ライフ主義は集約しているかもしれない。なにしろこれでも学問で飯を食っている人間なのだ。といって、ここで学問論をする能力も気力もない。これまで通りのマンガ的感想をもらしてみるにとどめよう。

　私はアメリカ文学や比較文学を専攻している。最近、この分野では批評理論の氾濫が目立つ。フランス、あるいはアメリカあたりで、つぎからつぎへと新しい批評理論が打ち出され、それを若い学者たちが競って取り入れ、文学・文化の新しい解釈を展開しているのだ。一見、壮観である。しかしよく見ると、肝腎の文学・文化それ自体はおき去りにされ、批評理論だけが跳梁していることが多い。しかも十分な咀嚼を経ていないので、抽象的で難解な文章に陥り、強引に研究対象を裁断しがちだ。それでも、それが「知」の活動だといいたげである。

　つまり、批評理論という鎧かぶとで身を固め、だんびらを振り廻すことが、学問世界で流行の風俗となっている趣があるのだ。問題は、鎧かぶとのおかげで、その内側に生きているはずの血肉をもった人間が見えないことである。あるいは、鎧かぶとの重みに中の人間が押しつぶされ、やけにだんびらを振り廻しているのかもしれない。

　もちろん、批評理論にはすぐれたものもあり、それを学び活用することに異存のあるはずはない。しかし文学も文化も、人間の産物であって、「知」だけでなく「情」からも成り立っている。文学・文化の研究者が理論に押しつぶされないためには、「知」と「情」がひとつになった「生」の活動が必要ではなかろうか。いやむしろそれこそが、研究のもとになるように私には思える。もしそうとすれば、少なくともいったんは鎧かぶとを脱ぎ、浴衣姿にでもなって、「生」を解き放った方がよいのではないか。

文学にそくしていえば、理論があって作家や作品があるのではない。まったくその逆なのだ。まず作品をじっくり読み、味わい、自分にとってそれが意味することを考えるのが、研究の出発点ではなかろうか。理論なんて、その後からついてくるというのが私の考え方だ。その際、重要なのは、自分の「生」であろう。それがないか、あっても稀薄な時、理論は宙に浮き、文字通り空しいものとなる。作家についても、文化についても、同様だと私は思う。自分の「生」によって作家を読み、文化を読みたい。

こういう姿勢でいると、だんびらを振り廻すことも少なくなるような気がする。人間だから、つい力んでそうすることもある。しかしそういう力みを抑えると、たいていは、素朴で自然な文章が生まれてくるのではなかろうか。批評用語で武装し、むやみに博引旁証して陣容を整え、おまけにもってまわった論述で煙幕を張るたぐいの研究よりも、単純な言葉で語りかけてくる仕事の方に、私は感銘をうけることが多い。「生」の鼓動が伝わってくるのだ。私自身の努力目標も、そういう表現ができるようになることである。「単純化せよ《シンプリファイ》、単純化せよ《シンプリファイ》」と、私は自分の文章に説き続けている。

このシンプル主義の学問、まことに無防備で、たわいなく、まさにマンガ的そのものだろう。

まともな学者にはばかにされること受け合いだ。いや、とみにその種の批判を頂戴している。シンプル主義のライフそのものについても、うまくいって憐憫や同情、むしろ多くは陰での悪評をかっているに違いない。しかしそれでいいではないか、と私は思う。本人はますますマンガ的に、身は軽く、心も解放されたつもりで、こういう態度の功徳を感じているのだから。

シンプル・ライフの窮極は、先にもちょっと言及したが、対抗心や競争心で自分を圧迫《ストレス》するような生き方を、脱却するところにあるだろう。そんなことをいいながら、じつのところ、私はまったくもって中途半端で、脱却なんてできていない。自分の学問的な仕事についても、本当は、正しく評価されたいという愚かで俗っぽい欲望を捨てきれてはいないのである。ただ、それでも、脱却の努力はしたい。いまの世の中で、自分にできる限り自分本位のシンプル・ライフをつらぬくことは、とにもかくにも自分にとって利益なのだ。それがいかにマンガ的であっても、自分の自由と独立を守る最後の防波堤として、シンプル・ライフの追求は意味があるものだろう。

世の中が金メッキ化するほど

わがマンガ的シンプル・ライフの有様を書いていくと、きりがない。こんな恥さらしを平気でするのは、自分がマゾヒストではないかしらと思えるくらいだが、気取りを忘れて恥さらしをすること自体に、心を軽くするものがあり、これもやっぱり、ソローの真似の功徳なのだろう。ところで、しかし、妻は私がこういうソロー主義を「マンガ的」と呼ぶことを嫌った。『わが妻の「死の美学」』で、私は彼女の言葉を最大限忠実に再現している。

「ソローのようなシンプル・ライフをこの金メッキ時代に追求しても、完全に実現できないのは当たりまえであって、それはちっともマンガ的ではないわ。むしろ、ソローの思想には十九世紀的な限界があった、なんていって、ちっともソローの生き方を自分で生かそうとしないソロー研究者のほうが、ずっとマンガ的よ。あなたはマンガ的ではない。あなたはそのことを十分知りながら、なおかつマンガ的といってらっしゃる。その点が私にははがゆいわ。」

じっさい、ソローのシンプル・ライフ主義について、独身だから可能だったのだとか、自由な土地があり生活費が安かったアメリカだからはじめて実現できたのだとかいって、その現代的な意義を否定するたぐいの意見は耳にタコができるほど聞いている。しかし、そんなふうにして、彼を過去のアメリカに閉じこめ、自分の方が現代の現実という優位に立っているような気分にふけるのは、まさに精神の衰弱のあらわれではあるまいか。金メッキがこびりついて、頭も心も硬直し、人間としての内面は空洞化しているように思われる。虚心に彼の言葉を聞き、理解につとめ、自分を反応させる努力をする時、たとえほんの僅かでも、金メッキ文化の呪縛から自分が解き放たれるように私は感じる。ただ「現代の現実」を前にして、あまりにもあたふたとその努力をしている自分が恥ずかしく、大いにてれもして、私は自分を「マンガ的」と呼んできたのだが、妻はそこに私の欺瞞を感じ、またもっと励ましたい思いにも駆られていたのだろう。

ソロー自身について、ひとこと付け加えておくと、彼にも「マンガ的」と見える要素がなかったわけではない。自然生活を営み、自分中心の、したがって孤独を愛する生の美学をくりひろげながら、彼は社会にも文明にもかかずらわっていた。『ウォルデン　森の生活』の中で、不意にこんなことをいい出してもいる。

私は自分がたいていの人に負けず社交を愛しており、もし誰でもよいから血気あふれる人に行きあったら、しばらくは蛭のようにくらいついてその血を吸うことを辞さない人間だと考えている。私はもともと世捨人ではない。もし必要があって酒場へ行ったら、最も長っ尻《ちり》の常連客をもしのいで、居すわっているかもしれない。

酒場に居すわっているソローなんて、私には想像するだけで楽しい。彼はそれほど人生に対して積極的だったのだ。そしてそういう「現代の現実」に対する関心があるからこそ、それに対抗するシンプル・ライフの実験もし、またその実験の成果をもとにして、同時代で最も厳しく奴隷制度を弾劾したり、非人間的な社会を批判したりもできたのであろう。
ソローは二年間の森の生活のあと、またコンコードの村に帰ってきた。そのことについて、こう述べている。

私は森へ行ったのと同様に立派な理由で、森を出た。たぶん、私にはさらに生きるべきいくつかの人生があり、この一つだけにこれ以上時間を費やすことはできないように思われたのだ。われわれは知らず知らずのうちに、やすやすと、ある特定の道にはまりこみ、自分用の楽な通路をつくること、まことにいちじるしい。

本当のところは、敬愛する哲学者のR・W・エマソンがヨーロッパ旅行に出かけることになり、ソローはその留守宅の世話を頼まれて森を出たのだった。だからこの文章は、いささかこじつけの気味もあるのだが、それでもやはり、人生に対する彼の覇気をあらわしている。そしてソローはこの後も、自由自在に生きながら、それぞれの状況において、自分のシンプル・ライフをつらぬく試みをし続けたのだった。
デイヴィッド・E・シャイ著『シンプルライフ』(小池和子訳、勁草書房)という本は、ピューリタンからソローを経てヒッピーにいたるまでの、アメリカにおけるシンプル・ライフの試みを、敗北のくり返しだったとしながら、なおかつ都市生活にも生命を与えうるヴィジョンとして、その意義を説いている。それはまことにその通りだが、私にはヴィジョン以上の、実際的な効用があるものに思える。世の中が金メッキ化すればするほど、シンプル・ライフは人を自分本位に自由に生きさせる力となるのだ。

シンプル・ライフからシンプル・デスへと進んでいった妻の最後の生き方を、私は感銘をもって見守った。しかし私自身のシンプル・ライフは、やっぱり「マンガ的」であり続けるだろう。私はそれを情けないとも思うが、それでよいとも思う。「マンガ的」ということは、「自由自在に」ということでもある。私の親しい友人は、「君は本当のところ、シンプル・ライフを遊んでいるんじゃない？」とからかう。その通り。結局は楽しいから、楽しい範囲内でやっているのである。ひょっとすると、またソローの真似のこじつけをしながら、新しい人生《ライフ》へと出て行くかもしれない。

あとがき

いまから二年ほど前の二〇〇〇年十二月十日、拙著『アメリカ文学史講義』全三巻（南雲堂）が完結し、また『アメリカ文化と日本』（岩波書店）が出版になったのを記念して、友人たちが「亀井俊介氏を囲む会」というものを催して下さった。文字通り大勢の知友に囲まれ、晴れがましい祝辞も頂戴していささか興奮、それに酒の勢いが加わって、私は会の最後のお礼の挨拶の中で駄ぼらを吹いた。次は自分の学問への思いを書きつらねたエッセイ集をまとめます、題はもう決めていて『木曽の猿猴、星空を仰ぐ』といいます、と述べたのだ。それがようやく形になったのが本書である——題はすっかり変わってしまったけれども。

はじめに打ち上げた題にも私としては思い入れがあるので、まず少し説明を試みたい。「木曽の猿猴」とはもちろん私自身のこと。その猿猴が仰ぐ「星空」とは、学問の世界、あるいはむしろその上天に輝く星のような人々とでもいえようか。猿猴さながらの田舎者の私は、どういうわけか学問を志し、愚かにも手を（猿臂を）のばしてそれをたぐり寄せようとさえしてきた。まことにマンガ的な恰好だが、手をのばすのは、その上天に、有難い先達たちが美しい光を発しているのが見えるからだろう。私はそういう人たちへの讃仰の思いを、折り折りの文章にあらわしてきた。この際、それをひとつにまとめてみたいというのが、私の発想のもとだった。

だがその種の文章――多くはすでに亡くなった師や先輩への追悼の文章だ――を整理しているうちに、星空を仰ぐ猿猴の「生」の軌跡も一緒にまとめた方が、私の思いがはっきりするのではないかという気がしてきた。木曽谷の入口の田舎町の歴史風景や、日本の敗戦直後の中学・高校生の感情の展開や、そういう中で無知な少年が文化や文学にとりつかれ、やがて東京に出、さらにアメリカへ渡った次第。単に「お上りさん」をくり返しただけでなく、学問の仕方についても、あっちこっち、よろよろとさまよう姿を、私はいろんな文章にしていた。もちろん、自叙伝などという筋道の立ったものではない。ほとんどが新聞雑誌の求めに応じて書いた気軽なエッセイだが、けっこう真剣な思いをもらしてもいるようだ。

さて、こういう雑多な文章ではあるが、それを自分の生きた年代にそって配列してみると、どうやら、文学なり文化なりの研究に対する私の姿勢が浮き出てきたような気がする。それが何かは、本文中で断片的には何度か語っているのだが、方法論などといった明確なものではない。ただどこかで、それは田舎人の猿猴精神に根ざしたものであるらしい。

『木曽の猿猴、星空を仰ぐ』が、ながながしい説明を必要とし、しかも自分を「猿猴」と呼ぶことは謙遜のようであってじつは嫌らしさを含むと、周囲の人たちから批判や顰蹙をかった後、私が思いついたもう一つの書名は『浴衣がけの学問へ』というものだった。猿猴精神とは、結局、鎧かぶとで身を固めたようなアカデミズムの学風になじめず、もっと気楽に、いわば浴衣がけで、文学や文化に親しみたいという思いなのである。猿猴に浴衣もおこがましいが、学問を「知」だけでなく「情」をもって追求したいという、しだいにたかまってきたこのプリミティヴ人間の思いには、鎧かぶとより浴衣の方がまだ似合うのではないか。じっさいのところ、私は子供の頃から、家では着物ばかり着て生活してきた。学問もあんまり気張らず、自然にやりたいのである。

と、書名にそんな遍歴をしたあげく、『ひそかにラディカル？』で落着いたのは、本書収録のそういう題の短文がわれながらおかしく思えてきたからにほかならない。いまこうしていろんな文章をまとめていると、猿猴は猿猴なりに、そのプリミティヴな猿声をしだいに強くあげるようになっている――ように思える。じつはまことにかぼそい声で、聴く人はなく、いてもたちまち万重の山の彼方に行ってしまうことは百も承知なのに、なおかつ猿声をあげるとは、自分も案外ラディカルかもしれない、とそんな気にもなってきた。ただし、ここにクエッション・マークがついていることにも、ご留意願いたい。私はこれで、ラディカルの逆、学問の伝統を重んじ、真に「生きた」アカデミズムには絶大な敬意を抱き、日常的には周囲と楽しく協調しながら生きているつもりなのである。

そんなわけで、本書はまさに「マンガ的」な文学・文化研究者の「人生ノート」集であるが、最後にもうひとつ、猿声をあげておきたいことがある。子供の頃からの友人たちの有難さについてはいうまでもないのだが、加えて、学問の世界の星空の巨星たちの輝きをたっぷり身にうけてきた幸せ感を、強調しておきたいのだ。いまふり返ってみると、まさに「雲の上」の存在であった先達たちに、私のように親しく指導されるという幸運に恵まれた人は、そう多くはいないのではなかろうか。讃嘆と感謝、反省とあらたな決意の猿声も、またおのずから発することになる。

「囲む会」で法螺を吹いてから編集の作業は遅々としていたのだが、昨年八月、私は満七十歳になり、古来稀れとは夢にも思わないけれども、これを機にひとつの区切りをつけようと決心し、それからは突っ走ってご覧のような仕儀となった。こういう、新旧・長短さまざまで、しかも極めて個人的な内容の雑文集、いや人生ノート集が日の目を見ることになったのは、ひとえに南雲堂の原信雄氏のおかげである。巻末に著作目録をのせてみたが、ここにあげた本のうちどれだけ多くを原さんの手でつくっていただいたことか。無限に有難いことだと思う。

二〇〇三年二月

亀井俊介

初出一覧

I　木曽の猿猴

わが岐阜県　日本の真ん中　『中日新聞』一九九六年一月一日
中津川　木曽谷の情報センター　『街道の歴史と文化』1号、一九九九年十月七日
ふるさとの生　『小学校学級担任』一九八七年五月
本物の夏　『みなさまのTTNet』17号、一九九一年夏
街は子供のもの　『月刊ちょうふとーく』59号、一九八七年九月
父の言葉　『日本経済新聞』一九八六年十二月十七日「あの時あの言葉」
母の教訓　『日本経済新聞』一九九〇年五月十九日夕刊「わが家のガイドライン」
川合玉堂の「彩雨」　『一枚の繪』一九八七年六月「絵と語ろう　一枚のエッセイ」
山本芳翠の「裸婦」　『一枚の繪』一九九四年五月「風景のあるエッセイ」
混迷の時代　『城陵誌　半世紀の歩み』岐阜県立恵那高等学校、一九七二年九月。『バスのアメリカ』冬樹社、一九七九年
自由の時代　『旭陵七十年』岐阜県立中津高等学校、一九七七年四月。『バスのアメリカ』冬樹社、一九七九年
「自由の時代」の続き　『旭陵八十年』岐阜県立中津高等学校、一九八六年三月
混沌の中から「情」の世界へ　安原顕編『戦後50年と私』メタローグ、一九九五年、原題「「情」の世界へと誘った戦後の混乱と男女共学」

II　浴衣がけの学問へ

アメリカと私　Wonder-fulな国　『時事英語研究』一九九七年五月、特集「アメリカと私」
セント・ルイスにおける「青春」　『毎日新聞』一九八八年五月十三日「若い日の私」
メリーランドのベビーシッター　書き下ろし
『英語青年』に初めて投稿した頃　『英語青年別冊　創刊百周年記念号』一九九八年八月

学士院賞受賞の記（1）　『英語青年』一九七一年六月
学士院賞受賞の記（2）　『教養学部報』東京大学教養学部、一九七一年七月五日
「アメリカ古典文庫」編集の思い出　『研究社八十五年の歩み』研究社、一九九二年
私の好奇心　『朝日新聞』一九八二年七月十九日、平凡社の連載広告、原題「亀井俊介の好奇心」
文章開眼　矢デモ鉄砲デモ持ッテコイ　『現代文章作法』講談社、一九八三年、「文章開眼」のコラム
駒子の雑記帳をまねて　岐阜女子大学図書委員会編『読書案内　再訂版』岐阜女子大学図書館、一九九八年
ちょっと一息　集中講義で　『世界』一九九二年三月「ちょっと一息」
温泉めぐり　『北日本新聞』一九九五年十一月二十五日、原題「アメリカ化する日本の温泉」
浴衣がけの学問の府　退官の辞　『教養学部報』東京大学教養学部、一九九三年一月二十日
ひそかにラディカル？　新任教員の弁　『東京女子大学学報』一九九三年五月二十五日
学問の長寿　『学内広報』東京大学広報委員会、一九九〇年六月四日、原題「学者の生き方変わるべし」
大衆文化の研究　かぶりつきとバルコニー　『学術月報』日本学士院、一九九二年九月
私の「アメリカ文学史講義」　『アメリカ研究振興会会報』61号、二〇〇一年二月二十一日
猿猴も一声　文学研究の初心　『比較文学研究』77号、二〇〇一年八月

III　星空を仰ぐ

土居光知先生　古武士の面影　『英語青年』一九八〇年四月、特集「追悼・土居光知先生」
土居光知　豊饒な生への志向　『土居光知著作集月報』2号、一九七七年四月
土居光知の学風　『文学』二〇〇〇年五・六月、特集「いま英文学とは何か」、原題「土居光知——視野の拡大と根源の探求」
斎藤勇先生「小さい目」のやさしさ　『英語青年』一九八二年十一月、特集「追悼・斎藤勇先生」、原題「厳しい中のやさしさ」
矢野峰人先生　大人の学匠　『比較文学研究』54号、一九八八年十一月、特集「追悼・矢野禾積（峰人）教授」
島田謹二小伝　『英語青年』一九九三年九月、特集「追悼・島田謹二先生」
島田謹二の人と学風　『英語青年別冊　日本の英米文学研究』一九八四年六月
島田謹二先生　学問の戦士　『比較文学』36巻、一九九四年三月

『華麗島文学志』 若き日の島田謹二先生 『しにか』一九九六年十一月
堀大司先生 俗にして俗を突き抜け 『比較文学研究』15号、一九六四年四月、特集「堀大司教授追悼」
朱牟田夏雄先生 座談の名人 『怒らぬ人――朱牟田夏雄先生を偲ぶ』朱牟田先生追悼文集刊行会、一九八八年
中屋健一先生 私は助教授 『渦潮』東京大学教養学部教養学科アメリカ科、25号、一九八八年三月
氷上英廣先生 内村鑑三流のユーモリスト 『比較文学研究』51号、一九八七年四月、特集「追悼・氷上英廣先生」
神田孝夫さん わがコーチ 『比較文学研究』70号、一九九七年八月、特集「追悼・神田孝夫教授」
神田孝夫遺稿集『比較文学論攷』について 書き下ろし

翁久允氏 「移民地文学」を主唱 『高志人』一九七四年三月
長沼重隆氏 ホイットマン研究の恩人 『みゅうず』5号、一九七三年九月
布村弘さん 知情意の揃い踏み 布村弘著『つなぎわたす知の空間』布村秀子、二〇〇〇年一月二十日、「はしがき」
スズキシン一の芸術 スペイン展に寄せて 『Shinichi Suzuki ARCO 90 SPAIN』 アートギャラリー えれんて株式会社、一九八九年
スズキシン一 モンローが取り持った友 『蘇る!』一九九九年十一月「わが師、わが友」
スズキシン一さんの旅立ち 書き下ろし

大橋健三郎先生の仕事 書き下ろし
岡野久二先生の早足 『岡野久二教授定年記念論文集』同志社女子大学英文学会、一九九二年
本間長世さんの「公的」と「私的」 『渦潮』26号、一九九〇年三月
島田太郎さんのよく響く声 『渦潮』29号、一九九五年三月

Ⅳ わがシンプル・ライフ

わがシンプル・ライフ 『新潮45』一九九三年七月

亀井俊介著作目録

単独の著書

『Yone Noguchi, An English Poet of Japan』The Yone Noguchi Society of Japan　一九六五
『近代文学におけるホイットマンの運命』　研究社　一九七〇
『ナショナリズムの文学――明治精神の探求』　研究社　一九七一（講談社学術文庫　一九八八）
『アメリカの心　日本の心』　日本経済新聞社　一九七五（講談社学術文庫　一九八六）
『サーカスが来た！　アメリカ大衆文化覚書』　東京大学出版会　一九七六（文春文庫　一九八〇、岩波同時代ライブラリー　一九九二）
『内村鑑三――明治精神の道標』　中央公論社（中公新書）　一九七七
『自由の聖地――日本人のアメリカ』　研究社（研究社選書）　一九七八
『摩天楼は荒野にそびえ――わがアメリカ文化誌』　日本経済新聞社　一九七八（旺文社文庫　一九八四）
『バスのアメリカ』　冬樹社　一九七九（旺文社文庫　一九八四）
『メリケンからアメリカへ――日米文化交渉史覚書』　東京大学出版会　一九七九
『カバンひとつでアメリカン』　冬樹社　一九八二
『本のアメリカ』　冬樹社　一九八二
『アメリカのイヴたち』　文藝春秋　一九八三
『アメリカン・ヒーロー――広大な国の素朴な夢』　ジャルパックセンター　一九八四

『ハックルベリー・フィンは、いま――アメリカ文化の夢』 講談社 一九八五 (講談社学術文庫 一九九一)
『荒野のアメリカ (亀井俊介の仕事1)』 南雲堂 一九八七
『ピューリタンの末裔たち――アメリカ文化と性』 研究社出版 一九八七
『マリリン・モンロー』 岩波書店(岩波新書) 一九八七 (特装版・岩波新書評伝選 一九九五)
『わが古典アメリカ文学 (亀井俊介の仕事2)』 南雲堂 一九八八
『西洋が見えてきた頃 (亀井俊介の仕事3)』 南雲堂 一九八八
『性革命のアメリカ――ユートピアはどこに』 講談社 一九八九
『アメリカ人の知恵――荒野と摩天楼の夢案内』 KKベストセラーズ(ワニ文庫) 一九九〇
『「金メッキ時代」への私的考察』 PHP研究所 一九九〇
『本めくり東西遊記 (亀井俊介の仕事5)』 南雲堂 一九九〇
『現代の風景 亀井俊介コラム集』 河合出版 一九九一
『わが妻の「死の美学」』 リバティ書房 一九九三
『アメリカン・ヒーローの系譜』 研究社出版 一九九三
『アメリカの歌声が聞こえる』 岩波書店 一九九四
『マーク・トウェインの世界 (亀井俊介の仕事4)』 南雲堂 一九九五
『アメリカ文学史講義1 新世界の夢』 南雲堂 一九九七
『アメリカ文学史講義2 自然と文明の争い』 南雲堂 一九九八
『アメリカ文学史講義3 現代人の運命』 南雲堂 二〇〇〇
『アメリカ文化と日本――「拝米」と「排米」を超えて』 岩波書店 二〇〇〇
『ニューヨーク』 岩波書店(岩波新書) 二〇〇二
『わがアメリカ文化誌』 岩波書店 二〇〇三

＊以下は本文で言及した著作、および本書に関係すると思われる著作に限る。

共著

亀井俊介・平野孝『総合アメリカ年表（講座アメリカの文化・別巻）』南雲堂　一九七一
鶴見俊輔・亀井俊介『アメリカ（エナジー対話15）』エッソ・スタンダード石油　一九七九（文藝春秋　一九八〇）
紀平英作・亀井俊介『アメリカ合衆国の膨張（世界の歴史23）』中央公論社　一九九八
小池滋・亀井俊介・川本三郎『文学を旅する』朝日新聞社（朝日選書）二〇〇二

編著

亀井俊介編『現代比較文学の展望』研究社　一九七二（『現代の比較文学』講談社学術文庫　一九九四）
芳賀徹・平川祐弘・亀井俊介・小堀桂一郎編『講座比較文学』全八巻　東京大学出版会　一九七三―七六
斎藤眞・本間長世・亀井俊介編『日本とアメリカ――比較文化論』全三巻　南雲堂　一九七三
斎藤眞・大橋健三郎・本間長世・亀井俊介編『アメリカ古典文庫』全二十三巻　研究社　一九七四―八二
本間長世・亀井俊介編『アメリカの大衆文化』研究社　一九七五
加藤秀俊・亀井俊介編『日本とアメリカ――相手国のイメージ研究』日本学術振興会　一九七七（学振選書　一九八九）
平川祐弘・亀井俊介・小堀桂一郎編『文章の解釈――本文分析の方法』東京大学出版会　一九七九
鈴木俊郎・他九名編『内村鑑三全集』全四十巻　岩波書店　一九八〇―八四
堀内克明・他五名編『カラー・アンカー英語大事典』学習研究社　一九八四（改版書名『I SEE ALL カラー図解英語百科辞典』）

亀井俊介［編著者代表］『日米文化の交流小事典』 エッソ石油株式会社広報部 一九八三（拡大増補新版 亀井俊介編『日米文化交流事典』 南雲堂 一九八八）

亀井俊介編『アメリカン・ウェイ・オブ・ライフ（文明としてのアメリカ3）』 日本経済新聞社 一九八四

斎藤眞・金関寿夫・亀井俊介・岡田泰男監修『アメリカを知る事典』 平凡社 一九八六（監修者に阿部斉・荒このみ・須藤功を加えた新訂増補版 二〇〇〇）

佐伯彰一・荻昌弘・神谷不二・亀井俊介・髙階秀爾編『アメリカ・ハンドブック』 三省堂 一九八六

亀井俊介監修『アメリカ（世界の歴史と文化）』 新潮社 一九九二

亀井俊介編『アメリカの文化（USA GUIDE 6）』 弘文堂 一九九二

亀井俊介・鈴木健次編『自伝でたどるアメリカン・ドリーム』 河合出版 一九九二

亀井俊介監修『スコットフォーズマン英和辞典』 角川書店 一九九二

亀井俊介編『アメリカン・ベストセラー小説38』 丸善（丸善ライブラリー） 一九九二

亀井俊介編『近代日本の翻訳文化（叢書・比較文学比較文化3）』 中央公論社 一九九四

亀井俊介編『アメリカ文化事典』 研究社出版 一九九九

アメリカ文学の古典を読む会編『亀井俊介と読む古典アメリカ小説12』 南雲堂 二〇〇一

翻訳

ウィラード・ソープ著、亀井俊介訳『アメリカのユーモア作家（ミネソタ大学編アメリカ文学作家シリーズ9）』 北星堂 一九六八

サムエル・モリソン著、西川正身翻訳監修『アメリカの歴史』全三巻 集英社 一九七〇-七一（集英社文庫、全五巻 一九九七）

W・E・グリフィス著、亀井俊介訳『ミカド——日本の内なる力』 研究社 一九七二（岩波文庫 一九九五）

アルマンド・マルティンス・ジャネイラ著、亀井俊介・新倉朗子・亀井規子訳『日本文学と西洋文学』 集英社 一九七四
マーティン・ヒルマン著、亀井俊介訳『大西部の開拓者たち（図説探検の世界史9）』 集英社 一九七五
ウォルト・ホイットマン著、亀井俊介・瀧田夏樹・夜久正雄・吉田和夫・鵜木奎一郎訳『ウォルト・ホイットマン（アメリカ古典文庫5）』 研究社 一九七六
ラッセル・ナイ著、亀井俊介・平田純・吉田和夫訳『アメリカ大衆芸術物語』全三巻 研究社 一九七九
亀井俊介訳『内村鑑三英文論説 翻訳篇上』 岩波書店 一九八四
亀井俊介・川本皓嗣編訳『アメリカ名詩選』 岩波書店（岩波文庫） 一九九三
亀井俊介編訳『対訳ディキンソン詩集』 岩波書店（岩波文庫） 一九九八

著者について

亀井俊介（かめい　しゅんすけ）

一九三二年、岐阜県生まれ。一九五五年、東京大学文学部英文科卒業。文学博士。東京大学名誉教授、岐阜女子大学教授。専攻はアメリカ文学、比較文学。著書『近代文学におけるホイットマンの運命』（日本学士院賞受賞）、『サーカスが来た！　アメリカ大衆文化覚書』（日本エッセイストクラブ賞、日米友好基金賞受賞）、『メリケンからアメリカへ—日米文化交渉史覚書』、『アメリカのイヴたち』、『ハックルベリー・フィンは、いま』、『ピューリタンの末裔たち—アメリカ文化と性』、『アメリカン・ヒーローの系譜』（大佛次郎賞受賞）、『アメリカの歌声が聞こえる』、『亀井俊介の仕事』（全5巻）、『アメリカ文学史講義』（全3巻）、『アメリカ文化と日本』、『わがアメリカ文化誌』ほか多数。

ひそかにラディカル？
—わが人生ノート

二〇〇三年五月十五日　第一刷発行

著　者　亀井俊介
発行者　南雲一範
装幀者　岡孝治
発行所　株式会社南雲堂
東京都新宿区山吹町三六一　郵便番号一六二-〇八〇一
電話　東京（〇三）三二六八-二三一一（代）
振替口座　東京　〇〇一六〇-〇-四六八六三
ファクシミリ（〇三）三二六〇-五四二五
印刷所　壮光舎
製本所　長山製本

乱丁・落丁本は、小社通販係宛御送付下さい。
送料小社負担にて御取替えいたします。
〈IB-279〉〈検印廃止〉

ISBN4-523-29279-5 C 3098